Kollateralschaden

16:30

Das auch noch. Jetzt musste die auch noch die Tür blockieren, deren beide Glashälften in stummer Erwartung zurückgeglitten waren und je einen Teil des aufgeklebten Warnhinweises mit sich genommen hatten, der die Eintretenden aufforderte, ihr Eigentum zu schützen.

Die Eingangsschleuse des Supermarktes stand durchaus einladend und so weit offen, dass man fast ein Knacken in den Kieferscharnieren spüren konnte, und dennoch ging nichts weiter. Nicht dass Doris das überrascht hätte, sie hatte damit gerechnet, schon draußen hatte sie schließlich vergeblich versucht, die Frau mit dem Kind zu überholen, die immer gerade ein bisschen zu langsam vor ihr hergegangen war, das Kind mal auf der einen, mal auf der anderen Seite, immer raumgreifend und immer im Weg, dann hatte die Suche nach einer Münze sie aufgehalten, nicht für die Bettlerin, für den Einkaufswagen, den sie aus der verketteten Schlange vor dem Geschäft hatte lösen wollen, über der irisierende Schaumperlenschnüre aus dem schmalen Stiel eines Sektglases in dessen Trichter stiegen, und sie stellte sich vor, wie sich die Gaskugeln zu größeren zusammenschlossen und weiter wuchsen und schließlich die Flüssigkeitsoberfläche verließen und lautlos aufplatzten wie Seifenblasen. Sie fand kein passendes Kleingeld, aber egal, viel würde sie ohnehin nicht kaufen. Ein kleiner Knall ließ sie aufschrecken, der klang, als ob jemand mehrere Glasflaschen auf einmal in einen der dafür vorgesehenen Container hätte fallen lassen, nur dumpfer, blecherner, und mit einem raschen Blick überzeugte sie sich davon, dass es sich nur um einen kleinen Auffahrunfall an der nächsten Straßenecke handelte und dass die Sache sie nichts anging. In diesen wenigen Augenblicken war die Frau mit dem Kind an ihr vorbeigezogen, hatte eines der Hybridgefährte aus Rennauto und Einkaufswagen in Besitz genommen, für die man offenbar keine Münze brauchte (das wäre doch eine Idee fürs nächste Mal), und versuchte gerade, den Wagen durch die zweite, innere Schiebetür zu manövrieren. Die Bettlerin hatte sich auf ihrem Sitzkissen zurechtgesetzt und wieder mit dem leichten Wippen ihres Oberkörpers begonnen, während sie die Schale mit dem Familienfoto bereits in Richtung des nächsten Passanten ausstreckte. Das Kind saß vorne auf der roten Schnauze, drehte an der Lenkradattrappe und stemmte die Füße gegen die Fahrtrichtung. Der Wagen stellte sich prompt gehorsam quer, und Doris gelang es nur mühsam sich vorbeizuzwängen, sie vermied Blickkontakt und ließ sich schlucken von dem Leuchtröhrenlicht des Supermarktinneren, das trotz ausgefeilter Lichtregie und Stimmungsoptimierung den bestrahlten Objekten einen Stich ins Surreale verlieh.

Eigentlich brauchte Doris keine Zahnpasta, dennoch vertiefte sie sich in den Anblick hochglanzpolierter Zahnreihen, während ein paar hundert Meter von ihr entfernt Anton sich in seinem Wartehäuschen aufrichtete, das an einer Haltestelle lag, die schon vor längerer Zeit aufgelassen worden war. Nur den holzgeschnitzten Unterstand hatte man aufgrund seines kulturhistorischen Wertes stehen lassen, und im Allgemeinen wurde er nicht mehr benutzt, außer vielleicht bei Regen, außer zum Beispiel von ihm, da man dort sein Ruhe hatte. Nur manchmal teilte er diesen Schutzraum; mit einem, ging ja noch, aber wenn dann weitere kamen, musste man schon seine Position behaupten. Darin war er gar nicht so schlecht. Die Schnelligkeit seines Hochfahrens überraschte Anton und erfüllte ihn mit Stolz, und obwohl es sich anfühlte, als sei er eben aus einem Albtraum aufgeschreckt, hatte er nicht geschlafen, sondern nachgedacht, nämlich darüber, warum es eigentlich so war, dass seine Gedanken immer im Kreis gingen, immer im Kreis, und dass es trotz des Umstandes, dass Winter war, in der letzten Woche erstaunlich warm gewesen war, doch dass es nun an der Zeit war, der Notschlafstelle wieder einen Besuch abzustatten, nachdem die Besitzer des Kellers, in dem er ein paar Nächte verbracht hatte, zurückgekehrt waren, wie sich gestern gezeigt hatte. So viele Häuser wie dieses gab es nicht, wo man unbehelligt von Hunden, Nachbarn, Alarmanlagen und Sicherheitsdiensten über den Zaun kam; und deshalb hatte er auch auf eine diffuse Weise positive Gefühle für diese Menschen, auch wenn sie jetzt schon heimkommen hatten müssen von ihrem Winterurlaub in der Karibik oder was immer sie sich gegönnt hatten, sicher irgendwas leuchtend heiß Südliches, das täte er auch, wenn er das Geld hätte, aber, und das war das Wichtigste, sie hatten die Tür zum Geräteschuppen nicht abgeschlossen, und dort hing, wie in vielen der kleinen Einfamilienhausgärten hier in der Gegend, der Hausschlüssel, man musste nur suchen, meist war ein Stiefel oder ein umgestülpter Blumentopf das Notfallversteck. So war Anton ins Haus gekommen und hatte sich im Keller eine Ecke gesucht; tatsächlich hatten sie sogar eine Sauna gehabt, in der man gar nicht so schlecht schlief.

Natürlich hatte er von Anfang an gewusst, dass es nur vorübergehend sein würde, aber das wie immer jähe Ende dieses Behausungszustands traf ihn doch, er hatte begonnen, sich heimisch zu fühlen auf den, wenn auch nur bis zur Frostschutzgrenze geheizten, so doch angenehm anzugreifenden Holzbrettern der kleinen Kabine, und außerdem graute ihm vor dem Schlafsaal mit seinem Geruch nach Reinigungsmitteln, ungewaschener Kleidung und anderen Körpern; er hasste die menschliche Nähe, zu der er dort gezwungen wurde. Selbstverständlich kannte er andere Plätze, die er abklappern konnte, aber die guten waren eh schon besetzt, und er fühlte sich einfach zu müde, um nach der letzten Nacht, in der er kaum zum Schlafen gekommen war, heute noch mit der Suche zu beginnen. Vielleicht schon zu alt, sagte er sich zum hundersten Mal, zum tausendsten Mal: Du wirst alt. Wo bleibt der *spirit*, der draufgängerische Geist dessen, der von nichts und niemandem abhängig war, so wie er, wie er sich immer wieder sagte, aber in Wahrheit hatte er an solche Sprüche eh nie geglaubt. Die Wohnräume hatte er nicht betreten, das tat er nie. So wenig wie möglich auffallen, das war seine Devise, und leben und leben lassen. Man weiß nie, wann man wieder auf eine Option zurückgreifen muss.

Die Frau mit dem Kind, Stephanie, hatte trotz des schwergängigen Einkaufswagens, mit dem jeder Richtungswechsel eine größere Kraftanstrengung erforderte, die Flaschenrückgabe erreicht und sah der eben eingeschobenen Flasche nach. Die durchscheinende Seitenwand der Einzugsröhre spiegelte sich in der gegenüberliegenden, das Ganze erinnerte an eine verkleinerte Ausgabe eines leicht fallenden Flugzeugzubringerschlauchs, in den nach dem Andocken endlich die Passagiere einströmten, langsam und handlich portioniert, in einer stummen Reihe, beinahe ernsthaft, als seien sie sich der Tragweite einer schweren Entscheidung bewusst, die jeder ganz mit sich allein ausmachen musste. Und um eine solche konnte es sich schließlich auch handeln; wie oft hatte man schon die Geschichte von im letzten Augenblick versäumten Flugzeugen gelesen, die dann abstürzten, und dennoch, das lächerliche Pathos dieses Gedankens ließ sich nicht leugnen, mindestens ebenso oft war zu hören, dass kaum ein Verkehrsmittel sicherer sei als ein Flugzeug, statistisch gesehen. Sebastian hatte sich aus seinem Sitz befreit und damit begonnen, den Abfallbehälter für die Flaschenträger zu untersuchen; die Flasche wurde nach innen gesaugt, jetzt musste sie warten, der Versuchung nicht nachgeben, die nächste zu früh auf die grünen Förderbänder aufzulegen, die aus der grauen Röhrenunterseite hervortraten und laufend Nachschub forderten; das Gerät würde sofort blockieren und heftig zu piepen beginnen. Und dennoch, wenn beim Fliegen etwas schief ging, dann ging es gründlich schief.

16:31

Es war tatsächlich nur ein kleiner Blechschaden, den Luise H.-W. dem von rechts kommenden Fahrzeug zugefügt hatte, auf Seiten ihres eigenen war die Verbeulung eher minimal, nicht weiter tragisch, auch ihre Nerven hatten nicht nachgegeben, sie konnte durchaus zufrieden sein. Sie war an den Rand gefahren, hatte in Ruhe eine Bestandsaufnahme gemacht, überhaupt, sie hatte Vollkasko, das Problem war nur, dass sie auf einen Querulanten gestoßen war, einen jungen

Mann, der sein Adrenalin offenbar nur schwer im Zaum halten konnte, der bis unter die schütteren Haare rot angelaufen war und sich sofort alle Optionen von Peitschenschlagsyndrom abwärts offen halten zu wollen schien; was für ein Glück, dass sie ein Fotohandy hatte, um die Sachlage im Kreuzungsbereich zu dokumentieren. Denn geistesgegenwärtig, wie sie war, hatte Luise rechtzeitig bemerkt, dass da ein eindeutig widerrechtlich geparktes Auto stand, das die Sicht in die Nebenstraße verstellte, indem es sich nämlich der Parkreihe noch in den unbedingt freizuhaltenden Sicherheitsbereich um den Schnittpunkt der Gehsteigkanten hinein angeschlossen hatte. Sein Heck ragte zwar nicht allzu weit, doch deutlich erkennbar in die Kreuzung. Nicht dass sie selbst das noch nie getan hätte, ihren Wagen so oder so ähnlich abgestellt, das Risiko ging man ein, und sie nahm sich sofort vor, es in Zukunft nicht mehr einzugehen; aber hier konnte man nichts machen, es hatte einen Unfall gegeben, hier war das Parkfehlverhalten eindeutig mit einem Unfall in Beziehung zu bringen, da hatte der Wagenhalter eben Pech gehabt. Sie machte den Querulanten darauf aufmerksam, auch kein Schaden, wenn man einen Zeugen hatte, noch dazu einen so unverdächtigen wie den Unfallgegner, und sofort lockerte sich die Spannung; ein gemeinsamer Feind hebt die Stimmung und bringt die Leute zusammen, es geht doch nichts über die richtige Einschätzung der menschlichen Natur, dachte Luise. Sie tauschten Adressen, und Luise fragte den Mann mitfühlend, wie es ihm gehe, während er nachdenklich ihren Namen wiederholte; ich kenn Sie doch von wo. Nein, sie kannte ihn nicht, auch wenn das gut möglich gewesen wäre, war doch ein Kaff hier, jeder kannte jeden, obwohl es auch in Wien, wo sie sich jetzt immer öfter aufhielt, so nach einiger Zeit, wie Ferdinand sagte, nicht viel anders war, und außerdem: Sei nicht undankbar, hier bist du groß geworden, du musst verwurzelt sein, damit du wachsen kannst, dabei war er selbst schon längst die meiste Zeit in Wien.

Luise trat zurück und wäre fast über die Gehsteigkante gestolpert, Vorsicht, sagte der Mann, und griff nach ihrem Arm, Sie bringen sich noch um; nichts passiert, sagte Luise und fand Halt am vertrauten Anblick einer Supermarktglasfassade. Wenn ich schon so gut parke, dachte sie, kann ich auch gleich hier einkaufen. Ein Supermarkt ist schließlich wie der andere. Vorher aber noch ins Auto, Bild sichern, verschicken, telefonieren; und während sich Luise knapp und tonlos kommandierte, starrte ein Lehrling durch die Scheibe, nur einen Augenblick lang und ohne die beiden wahrzunehmen, ehe er von der Marktleiterin gerufen wurde. Und die durfte er nicht warten lassen, die durfte nicht einmal bemerken, dass er mal wieder mit seiner Aufmerksamkeit woanders gewesen war, wo, das hätte er selbst nicht sagen können, nicht jetzt, wo ihm doch gerade erst das mit den Dosen passiert war. Dabei tat er sein Bestes. Doch der grüne Lehrlingskittel war einfach zu eng unter den Armen, und das nicht erst, seit er regelmäßig mit den Hanteln trainierte, jedenfalls machte sich der fehlende Stoff besonders dann bemerkbar, wenn er sich nach oben strecken musste, wie eben im Fall mit den Dosen. Die Weihnachtsabverkäufe waren als nächstes dran. Die Flaschenrücknahme piepte. Da hatte wieder einmal jemand zu schnell nachgeschoben. Nicht sein Kaffee, stellte er befriedigt fest, das ging ihn nichts an; Kaffee, schaler, aber immerhin mit echter Milch gestreckter Kaffee im Kabuff, das war hier der Rettungsanker, das, was die Frauen zusammenhielt, zumindest die Stammbesetzung, nun ja, er brauchte ihn ja nicht zu trinken. Zum Rauchen musste man sowieso rausgehen, was jetzt, im beginnenden Jänner, mit Ausblick auf eine fenstertagsfreie Arbeitsstrecke, nicht eben angenehm war.

16:32

Doris durchsuchte die Packungsbeschriftungen nach Nährwertangaben. Sie hatte heute noch 590 Kilokalorien frei, wenn sie richtig gerechnet hatte; nicht dass sie es damit so genau nehmen würde. Aber es ist immer gut, dachte sie, wenn man weiß, woran man ist. Ganz schön viel jedenfalls in Anbetracht der fortgeschrittenen Tageszeit; das kam daher, dass sie in der Mittagspause eine Trainingseinheit eingelegt hatte, bei der sie nahezu die Hälfte der morgendlichen Energiezufuhr wieder in Schweißproduktion und Erhöhung der Körpertemperatur umgesetzt hatte, ein Umstand, der ihr für den Abend eine kleine Großzügigkeit in Aussicht stellte, und, was noch dazu kam, die Muskeln waren gereinigt, gestrafft und angemessen geformt worden. Sie war mit sich zufrieden.

Mo warf seinen Schulrucksack in die Ecke neben der Tür. Seine Mutter war sowieso nicht da, und er hatte keine Ahnung, wo sie sich herumtrieb. Soweit kam es noch, dass er auf seine Mutter aufpassen musste, ganz egal, was Dorian sagte; seit sie ihren letzten Job verloren hatte, für den sie ohnehin als gelernte Sprachheilpädagogin völlig überqualifiziert gewesen war, wie sie betonte (sie war im Rahmen irgendeiner Maßnahme für langzeitarbeitslose Frauen angestellt und nach Ende der vom Amt gezahlten Zeit von dieser Nahversorgungskette vor die Tür gesetzt worden, zack, so macht man das), blieb sie öfter weg, und er hatte den verschwommenen Eindruck, dass sie Arbeit suchte, von Tür zu Tür ging mit ihrem Anliegen, doch sicher war er nicht, und erst letztens hatte Dorian, natürlich ausgerechnet der, gesagt, er habe die Mutter in einem Lokal gesehen, und sie habe getrunken, und Frauen sollten so was nicht tun, und ihn dabei wieder einmal vielsagend angesehen, aber er glaubte das nicht; das würde man doch wohl riechen. Zugegeben, manchmal kam sie ihm schon ein wenig fertig vor, und die Haare, die sie wild rot färbte, erinnerten an seine zerkaute Zahnbürste. Aber das sagte gar nichts. Haarexperimente waren bei ihr nichts Neues, auch wenn er es ziemlich peinlich fand, dass sie versuchte auszusehen wie eine 18jährige.

Es war eigentlich schon viel zu spät für irgendwas, was man noch Mittagessen hätte nennen können, und er hatte doch den Hotdog gehabt, aber der war spurlos verschwunden in seinem Körper; nur gut, dass er Sid hatte abschütteln können. Der ging ihm manchmal ganz schön auf die Nerven, und er würde ihn noch früh genug wiedersehen; der hätte sich mit Begeisterung auf das Tiefkühlfach gestürzt und es nach Hamburgern (ein Mann braucht Fleisch!) und sonstigem brauchbaren (anbratbaren) Material durchsucht und dabei zum tausendsten Mal erzählt, dass er die Vollkorn-Gemüse-Pampe seiner Mutter nicht mehr sehen konnte, auch wenn sie es Kochen nach den fünf Elementen nannte, und gelacht und gesagt, dass er maximal zwei erkennen konnte, und wie sehr er ihn, Mo, Morgenland, hätte er gesagt, darum beneide, dass er sich selbst versorgen könne, und darüber hätte er ihre Aktion vermutlich ganz vergessen. Und Mo hätte wieder einmal sagen müssen, ach Scheiße, hör auf, das ist überhaupt nicht lustig; und dass er froh wäre, wenn sie endlich einmal da wäre und sich um diese Sachen kümmern würde und dass Sid gar nicht wisse, wie gut er es habe, mit einer Mutter, die zu Hause war. Und während Mo so seinen Standpunkt dem Küchenregal fast in Zimmerlautstärke auseinandersetzte, senkte er behutsam den Schieber des Toasters ab.

16: 33

Auch Anton dachte über Fertiggerichte nach; er hatte mittlerweile einen Korb auf den Arm gehängt und überlegte, wo etwas stand, das man auch ohne Aufwärmen essen konnte. Soweit, dass er Katzenfutter essen würde, war er noch nicht, oder zumindest zur Zeit nicht, ein bisschen Selbstachtung braucht der Mensch, ist ja auch komisch, dachte er, dass ausgerechnet das Katzenfutter immer so appetitlich angerichtet aussieht auf der Packung, dabei ist das Hundefutter besser. Hatte er gehört. Wohl, weil die Hunde den Menschen näher verwandt sind, auch das hatte er gehört, oder gelesen?, er erinnerte sich nicht mehr, es hatte seinen Nerv getroffen, denn rein gefühlsmäßig hatte auch er den Eindruck, dass die Nähe zwischen Mensch und Hund eine größere war.

Luise schickte die Nachricht ab und umklammerte das Lenkrad. Sie bewahrte Ruhe, keine Frage, das war das Wichtigste, und sie sagte sich, dass das ins Auge gehen hätte können, und dass sie noch einmal Glück gehabt und vor allem schnell und geistesgegenwärtig genug gehandelt hatte; das hätte ins Auge gehen können, sagte sie mit einem Seufzer, immer wieder führte sie sich vor Augen, wie das ins Auge hätte gehen können. Sie sah die glasklare Oberfläche einer riesigen Pupille, bedeckt von einem glänzenden Feuchtigkeitsfilm, den eben ein Metallobjekt durchstieß, eine Antenne?, egal, das Objekt schnitt glatt durch den weißen Augapfel und die Iris, tauchte in die Linse, und Luise wurde schlecht. Ein gewisser Mangel an Konzentration musste jedenfalls konstatiert werden, eine gewisse Fahrigkeit, sie stand unter Anspannung, gar keine Frage; doch besser, wenn man auf einen Chauffeur zurückgreifen konnte. Aber auch das würde in Zukunft anders werden.

Immerhin, dachte sie, sie hatte die Situation bewältigt, das war die Hauptsache. Wenn die Dinge schief laufen, so richtig, wie das ja manchmal durchaus vorkommen kann, wie damals beispielsweise, als sie sich bei der Wahlveranstaltung angepinkelt hatte, sie kniff die Lider zusammen, und dennoch wollte etwas in ihr sie zwingen, was eigentlich, ihr angeborener Masochismus?, an ausgerechnet diese Sache zu denken, sie riss sich hoch, denn wenn die Dinge schief laufen, dachte sie noch einmal, heißt es erst recht: Augen zu und durch. Das wusste sie, das konnte sie, das hatte sie gelernt; und nicht lange nachdenken und nicht nach links oder rechts schauen, denn mit den Zweifeln kommen die Fehler, auf die die anderen nur warten. Soviel war ihr schon immer klar gewesen, so konnte man das (etwas salopp) formulieren. Und schließlich, hatte sie nicht auch diese ekelhafte Situation bewältigt, gemeistert und bravourös hinter sich gelassen? Obwohl die Lautsprecher gedröhnt hatten, dass es noch im hintersten Winkel der Klokabine zu hören gewesen war, die Klokabine ganz angefüllt von ihrer Panik, was war sie auch mittendrin rausgegangen, was hatte sie sich den Harndrang auch nicht mehr verkneifen können, selber schuld, hatte sie gedacht, in dem Moment, als sie begriff, warum es zwischen ihren Beinen so spritzte. Sie hatte Ferdinands Stimme gehört: Meine lieben Freunde, sagte er eben. Die weibliche Form sparte er sich fürs Fernsehen auf, da war er auf einmal so korrekt, dass einem übel werden konnte. Dann riss sie die Augen auf und sah den See, der die Zwischenräume der diagonal verlegten Bodenkacheln längst gefüllt hatte und sich rasch vergrößerte. Das Ausmaß der Katastrophe war ihr sofort klar gewesen. Sie hatte sich an jede der Fehlleistung vorhergegangene Handlung erinnert, als reichte es, den Punkt zu finden, an dem einzuhaken wäre, zu dem man zurückgehen müsste, um das Geschehene zu korrigieren: die Schritte hinein in die Kabine, das Abschließen der Tür, das Aufhängen der Tasche an der Klinke, das Sich-über-die-Muschel-Hocken, ohne sie zu berühren, niemals eine Berührung mit den Verunreinigungen der Klobrillenoberfläche, das hatte man ihr schon in den ersten Lebensjahren beigebracht, sie wusste nicht mehr, ob das noch ihre Mutter oder schon Tante Vroni gewesen war, die Keime könnten an ihr hängen bleiben und sie infiltrieren, nein infizieren: jeder Schritt automatisiert, blind, in traumwandlerischer Sicherheit und ohne hinzusehen. Diesmal hätte sie hinsehen sollen, denn dann hätte sie den geschlossenen Klodeckel bemerkt, gegen den der Strahl geprallt war; sie hätte es wissen müssen, denn das Geräusch war falsch, nicht der volle Widerhall der hohlen Muschel, nein, ein dünn kicherndes Aufprasseln auf Plastik hatte sie gehört, zusammenfassend ließ sich sagen: Vom Klodeckel war der Strahl mit kaum verminderter Heftigkeit gegen ihre Beine geworfen worden, auf die heruntergelassene Hose, deren geraffter Stoff völlig durchtränkt worden war. Ekelhaft. Luise schüttelte sich und betrachtete wieder die Anzeige ihres Multifunktionshandys. Heute Abend noch der Termin mit den Müttern; vorher noch einkaufen, sie kontrollierte die Uhrzeit, kochen, Kind abfüttern, das Staffelholz wieder an die Babysitterin übergeben, das müsste zu schaffen sein. Text aus dem Stehgreif, sagte sie. Und: Urin ist beim gesunden Menschen prinzipiell steril.

16:34

Für seinen dämlichen Namen konnte er schließlich wirklich nichts. Mo stopfte schon den dritten Toast mit Butter in sich hinein: er liebte es, wenn die Butter zerschmolz und im weichen Teig unter der heißen knusprigen Toastoberfläche versank, und so ein Toast war irgendwie weg wie nichts. Morgans Mutter hatte den Versuch längst aufgegeben, ihm in die Auswahl seiner Nahrungsmittel hineinzureden, nur manchmal, wenn sie die leeren Packungen im Restmüll fand und platzsparend zusammendrückte, seufzte sie und sagte: Du wirst noch Mangelerscheinungen kriegen, du wirst es sehen.

Sie musste sich das Selbstfahren abgewöhnen. Sie, Luise H.-W., war schließlich nicht irgendwer und außerdem beruflich unterwegs; nun, vielleicht nicht gerade auf diesem Schlenker hier, diesem Umweg, wobei andererseits eigentlich doch auch der dazu dienen hätte sollen, ein gesundes Rüstzeug ihrer beruflichen Leistungsfähigkeit bereitzustellen, oder, anders gesagt, sich selbst zu einem professionellen Rüstzeug ihrer eigenen Leistungsfähigkeit auszuformen. Jedenfalls, ein Fahrer würde ihr zustehen, und dann wäre so ein Vorfall einfach das Problem des Fahrers und nicht ihres, obwohl der dann andererseits irgendwann vielleicht zuviel wusste, da musste man aufpassen, wohin man den fahren ließ, was man den sehen ließ, auch nicht ganz einfach.

Dosen, eine neben der anderen, ein strammer Wald von Dosen, und davor ein Mann, der nach Ravioli in Tomatensauce griff. Er roch ein wenig, doch Stephanie war sich der Tatsache bewusst, dass sie vielleicht ein wenig überempfindlich war, vor allem seit der Schwangerschaft, und mit Sebastian war eine möglicherweise noch gesteigerte Aufmerksamkeit gekommen gegenüber allem, was mit Nahrungsaufnahme, Atmung und waschaktiven Substanzen zu tun hatte, gegenüber allem, konnte man sagen, was mit dem menschlichen Stoffwechsel zusammenhing. Stephanie machte einen Bogen um den Mann, so gut es eben ging in der Schlucht zwischen den Stellwänden; seltsam, wie schnell er gefunden hatte, was er suchte, oder nahm er einfach wahllos, was sich ihm in Augenhöhe anbot?

Sie wandte den Blick wieder dem Regal zu, dem modular aufgebauten Suchbild, dessen Struktur ein simples Raster zugrunde zu liegen schien, und betrachtete die Farbschattierungen der Etiketten, versuchte herauszufinden, ob die Dosengröße mit der Aufstellung zusammenhing, konnte jedoch keine offensichtliche Korrelation erkennen. Nunei!, sagte Sebastian, und deutete begeistert auf einen besonders farbenprächtigen Aufkleber, ja, sagte sie, während er versuchte, sich aus dem Sicherheitsgurt seines Rennautofortsatzes herauszuwinden. Der Mann mit der Raviolidose schien sich die Sache noch einmal überlegt zu haben, er nahm sie aus dem Korb und näherte sich wieder dem Regal.

Ich kenne dein Gesicht, dachte Anton, gerade als die Frau sich von ihm weggedreht hatte. Das war allerdings nicht weiter verwunderlich, schließlich kauften hier immer wieder dieselben Leute ein, aber etwas Unangenehmes verband sich mit ihrer Rückenansicht, mit dem akkurat gerade geschnittenen Haar, das ihn über die Zähne fahren ließ, als könne er damit den schalen Geschmack, der plötzlich auf dem Zahnschmelz wuchs, entfernen. Der Haarvorhang ließ ihn an ein Küchenfenster denken, vor dem ein Vorgarten lag, gar nicht weit von hier, ja, jetzt wusste er es wieder, sogar in Sichtweite des Haltestellenhäuschens, jetzt wusste er auch wieder, woher er die Frau kannte, diesen Rücken, sie war vorbeigegangen im vergangenen Herbst, auch der war warm gewesen, ziemlich warm sogar, sie war vorübergegangen, damals allerdings ohne Kind, wie die meisten so, als hätte sie ihn nicht bemerkt, dann aber hatte sie sich umgedreht, war auf ihn zugekommen (bis an die Schwelle des Häuschens, nicht weiter) und hatte ihm einen Geldschein hingehalten, lächelnd, nach dem er sich automatisch gestreckt hatte, wortlos wie sie, und kaum war das geschehen, war nicht mehr gutzumachen gewesen, hatte die Frau sich auch schon von ihm abgewandt und ihm Gelegenheit geboten, eben diese Haarkante anzustarren, die ihren Hals durchschnitt, aber er hielt den Geldschein in der Hand und wunderte sich, dass sie ihn so einfach aus der Manteltasche geholt hatte, wie vorbereitet, für wen hielt die sich eigentlich, für einen Engel der Armen und Ausgestoßenen oder was?

Bis ihre Rückenansicht aus seinem Blickfeld verschwunden war, sah er ihr nach. Zuerst wollte er aufstehen, sie einholen und ihr den Geldschein mitten in dieses selbstgefällige Grinsen werfen, in den gierigen Schlund stopfen, das hätte sie gewundert, wenn er ihr das Geld einfach so reingeschoben hätte, aber bis ihm das eingefallen war, war sie schon zu weit weg gewesen, als dass sich ein solcher Auftritt ausgegangen wäre, da hätte er schon laufen müssen, das hätte sie gehört, sie hätte sich umgedreht und sein ganzer schöner Plan wäre beim Teufel gewesen. So beschränkte er sich darauf, sich ihre Silhouette und den Haarschnitt einzuprägen; eines Tages, sagte er sich, eines Tages wird sich die Gelegenheit schon noch ergeben, und in der Zwischenzeit strich er den Geldschein glatt, den er in Vorwegnahme des Racheakts zusammengeballt hatte. Es waren immerhin zehn Euro.

Und jetzt stand sie vor den Dosen und suchte etwas, man darf nicht undankbar sein, da bot sich ihm eine unerwartete Chance, die Gerechtigkeit wiederherzustellen, man muss seine Chancen nützen, wo hatten sie ihm das nur wieder erzählt?, Anton würde auf sie zugehen, die Flüssigkeit im Mund vorher schön sammeln und ihr vor die Füße spucken, auf die allerdings schon ein wenig vom Salz angefressenen Winterstiefel. Doch gerade als er dazu ansetzte, packte sie den Einkaufswagen am Bügel, drehte ihn herum und fuhr Anton fast über die Füße, er wich zurück und stieß an den Dosen an, und nur unter Aufbietung all seiner Geistesgegenwart konnte er verhindern, dass da was ins Rutschen kam und eine Lücke in den Dosenstapel riss, die ausgereicht hätte, um die Anordnung zum Einsturz zu bringen und eine Dosenlawine zu verursachen, deren Ausmaße unabsehbar gewesen wären, obwohl, dachte Anton, es schon interessant wäre, sich so etwas einmal in aller Ruhe aus der Nähe anzuschauen, doch es war schon zu spät, der Regalinhalt hatte sich bereits beruhigt, ein junger Verkäufer kam ihm entgegen, und Anton setzte seinen Weg fort, die Raviolidose in der Hand.

16:35

Die Stunde vor der Dämmerung setzte ihr zu. Sie mochte es nicht, sich in diesem unentschlossenen Umgebungslicht zu bewegen, das den Tag nur vortäuschte und noch keine dichte Dunkelheit bot, in der man aufgehen konnte, da war es gut, in die neonhelle Unterweltnacht eines Supermarktes zu flüchten; auch wenn dieser hier eine Glasfassade hatte: so weit hinten waren die Lichtverhältnisse eindeutig, hier türmten sich Berge von Lebensmitteln zwischen ihr und dem fahlen Tagesrest. Sie lächelte mit halbgeschlossenen Liddeckeln ein feines Lächeln, von dem sie wusste, dass es oft für arrogant gehalten wurde, was kein Schaden war, auch in der Arbeit. Gerade dort. Obwohl sie schon seit längerer Zeit in diesem Unternehmen tätig war, hatte sie diesen kleinen Schutzwall aus fast schon zwangsloser Arroganz aufrecht erhalten können. Und das war entscheidend, vor allem dann, wenn es darum ging, das außerberufliche Leben für sich zu behalten, oder etwa, sich zusätzliche Arbeit aufhalsen zu lassen, oder eben nicht, so wie sie zum Beispiel, als sie diesen neuen Abteilungsleiter mit seinen neuen Kompetenzbereichen bekommen hatten, oder auch, als Luise so überraschend gegangen war: alle Versuche in die Richtung abgeprallt an ihrer makellosen Kälte. Dabei machte Doris sich nichts vor, sie wusste, dass sie Angst hatte, wichtig war nur, die Angst handhaben zu können und sich alltagstauglich zuzurüsten. Sie sah ihre Gestalt in den körperhohen Scheiben des Tiefkühlregals, die man öffnen konnte, die sich klaglos aufziehen ließen, um den Griff in eine artifizielle Eiswüste zu ermöglichen, in eine schockgefrorene Glashausarktis aus dichtgeschichteten Nahrungsziegeln, in diesen Scheiben sah Doris sich selbst und konnte es nicht lassen, sich zu begutachten: groß, ein wenig zu breit in den Hüften und Schultern und mit einem jederzeit ausbruchbereiten Hang zum Übergewicht, den sie mühsam im Zaum hielt. Hinter ihrem Spiegelbild eine Industrielandschaft, die sie an die Aussicht aus dem glasumschlossenen Konferenzraum ihrer Firma erinnerte, eine in Beton (oder Eis) gegossene Manifestation von Funktionsschwerpunkten und optimierten Wegstrecken. Mit dem Unterschied allerdings, dass sie hier, an diesem Ort, in diesem Augenblick von Menschen umgeben war, während sie in dem Konferenzraum allein gewesen war, zumindest beim ersten Mal, und seitdem sah sie ihn nur immer leer vor sich, und dann sich selbst, wie sie an die Kante vorging und sich fragte, was für ein Gefühl es wäre, wenn das Glas fehlte, wenn die nackte Gebäudestruktur dastünde, Bodenplatte für Bodenplatte in ihrer Aufhängung eingeklinkt wie abgegessene Tabletts im Abstellwagen der Kantine. Ein Männerstimme hinter Doris sagte: Nein, ist schon gut. Sie drehte sich um: Ein schlanker, einkaufskorbbewehrter Anzugträger mit albern im Nacken zusammengebundenen Haaren sprach in ein Handy, das er mit der Hand gegen seine stoppelige Wange presste.

Ich bin für Sie da. Ja, genau. Ich weiß, fuhr der Mann fort. Lassen Sie es fließen. Doris wandte sich wieder der Tür zu, die bereits viel zu lange offen stand, die Scheibe begann sich zu beschlagen (das ist wichtig, nur so kommen wir weiter, sagte der Mann hinter ihr eindringlich), und Doris erinnerte sich, dass sie fürs Wochenende hatte einkaufen wollen, so für alle Fälle, irgendeine nette, vorgekochte Sache, vegetarisch und nicht zu üppig, gut dosierbar und ohne Geschmacksverstärker (E-Nummern der 600er-Serie: schlecht für die Augen!) und Konservierungsmittel, so was wie Marillenknödel vielleicht.

Ich verstehe. Was brauchen Sie? Wir haben vereinbart, dass ich Sie unterstütze, sagte der Mann, der nun offenbar mit der Linken das Gemüse sondierte, während die rechte Schulter das Mobiltelefon übernommen hatte, um der Hand den nötigen Spielraum für den Korb zu lassen.

Die Entscheidung liegt bei Ihnen. Ich kann Ihnen nur den Schuhlöffel reichen. Die Tür aufhalten. (Entscheide dich endlich, dachte Doris. Marken- oder Eigenmarkenknödel? So schwer ist das doch nicht.) Gehen müssen Sie selbst. Was würde Ihnen jetzt helfen? Wir sind doch letztens zu dem Schluss; der Mann hatte seine Wahl getroffen, legte etwas in den Korb, dann befreite er das eingeklemmte Handy, straffte den Rücken, nahm Haltung an: Genau, sagte er.

Die Tür schloss sich mit einem satten Geräusch, während Doris das Kleingedruckte überprüfte; dann warf sie das steinharte Paket in den Einkaufswagen, sie musste sich beeilen. Sie hatte versprochen, Getränke mitzubringen. Sowieso eine höchst mühsame Sache, so ein Treffen auf dem Land; warum hatte es kein stinknormales Lokal in der Stadt sein können, aber gut, sie trafen sich heute erst zum zweiten Mal, und sie wollte den Leuten eine Chance geben. Natürlich hatte das kleine Schlösschen seinen Reiz, das, wenn sie es richtig verstanden hatte, einer Frau gehörte, die es aus Begeisterung für die Sache der *mental zentrierten Ernährung* für diese Treffen zur Verfügung stellte; aber es war eiskalt, und die Sanitäreinrichtungen waren vorsintflutlich. Sie durfte die Decke nicht vergessen. Sie warf einen Blick auf den Einkaufswagen: dass sie Fertigprodukte kaufte, sollte sie in diesem Rahmen vielleicht lieber für sich behalten. Und tatsächlich hatte sie ein schlechtes Gewissen, aber nicht zu sehr, denn es war nun einmal unleugbar praktisch, etwas zu essen im Haus zu haben, und außerdem: Was ist schon perfekt?

Mo war das Produkt eines Hard-Rock-Festivals in Bärnbach Anfang der Neunziger. Obwohl seine Mutter sich eher zu den Späthippies gezählt hätte, war die Auswahl an Konzerten in der Gegend doch nicht so groß, dass sie Hard-Rock verschmäht hätte. Man stand auf solchen Veranstaltungen knöcheltief in einem Matsch aus Bier, Zigaretten, Essensresten und zertretenen Pappbechern, was anderes war nicht zugelassen (er wusste das, er hatte schließlich selbst einen großen Teil seiner Kindheit dort verbracht und Feuerwehrfeste und andere einschlägige Veranstaltungen besucht), und seine Mutter hatte ihr Interesse für die arabische Welt in Gestalt eines wunderschönen Libyers entdeckt. Leider war das Interesse ein wenig einseitig gewesen, und so hatte Mo seinen Vater, der seiner Mutter erzählt hatte, dass er in Hamburg lebe und sich als Tourtechniker (oder Tontechniker; die diesbezüglichen Angaben der Mutter schwankten) sein Geld verdiene, nicht kennengelernt; alle Versuche, ihn über die Veranstalter des Festivals ausfindig zu machen, waren gescheitert. Und Morgan hieß etwas wie »auf See geboren«, klang schön und dunkel, meinte seine Mutter, und passte zu seiner Herkunftsgeschichte, da ja das Meer irgendwo zwischen Libyen und Österreich lag. Ziemlich weit hergeholt, fand Mo, und ziemlich naiv, aber seine Mutter war naiv, ein bisschen sehr naiv, genau genommen, da konnte man wenig dagegen tun. Und manchmal war das ja auch durchaus von Vorteil. Aber sogar sie hätte begreifen müssen, dass dieser Name unmöglich war, solange alle an diese Fee dachten, die Erwachsenen ihn fragten, ob das denn nicht ein Mädchenname sei, und die Kinder schon in der Volksschule zu grinsen begonnen hatten, schon in Bärnbach, aber da war ihm das noch egal gewesen, denn die Lehrerin war nett gewesen und hatte ihn in Schutz genommen. Als der Schulwechsel angestanden war, hatte seine Mutter beschlossen, dass es an der Zeit wäre, in die Stadt zu ziehen, schließlich sci dort nicht nur die Ausbildungssituation besser, sondern auch der Arbeitsmarkt; und außerdem hatte sie einen neuen Freund gehabt, bei dem Mo und seine Mutter am Anfang gewohnt hatten.

Doris hatte niemandem davon erzählt, wo sie hinfuhr; vielleicht war es ihr auch ein wenig peinlich, wenn sich herumspräche, dass sie sich in ihrer Freizeit so intensiv mit Ernährungsfragen beschäftigte, und der Spott, davon war auszugehen, wäre ihr sicher; Manfred, ein besonders lieber Kollege und Projektmanager (der glaubte noch, dass es sich dabei um eine Auszeichnung handelte!), würde mit Sicherheit anmerken, dass bei so einer Veranstaltung die Männerdichte wohl nicht so hoch wäre, dass es für Doris dafürstünde. Dabei war sie erst 29, das war wirklich kein Alter, und da war es keine Schande, einmal eine Zeitlang allein zu sein; und überhaupt war das noch gar nicht so lange her, dass sie mit Philipp Schluss gemacht hatte.

16:36

Die Räder knirschten in der Kurve. Soll das so sein?, dachte Horst, tun sie das immer? Wie kommt es, dass man seit Jahrzehnten Straßenbahn fährt, und so etwas nicht mehr weiß? Die Geräusche mussten sich in jedem Fall verändert haben, er erinnerte sich noch an offene Plattformen und Türen, die nicht recht schlossen, aber die Geräusche? Wenn man jetzt, in diesem Moment, ein kleines zugiges Wurmloch finden könnte und in eine Straßenbahn vor 50, 55 Jahren eintauchen würde, auf jeden Fall in eine Zeit, in der ihm ein derartiges Menschenaufkommen wie das in einer Straßenbahn zur Stoßzeit noch nicht so zugesetzt hatte, dann käme die Erinnerung sofort wieder, dann müsste man nur ein Stück des (gerippten hölzernen, er wusste es, natürlich wusste er es) Fußbodens wieder sehen zwischen den nassen Lederschuhen und Schultaschen, die sie mit vierzehn Jahren noch getragen hatten, und von denen es tropfte, und der Geruch, die Geräusche würden vom Gehirn ganz automatisch ergänzt werden, das sich stattdessen damit beschäftigte, in jedem beliebigen Gesicht einen Arzt oder eine Ärztin, einen Operationsgehilfen, eine OP-Schwester, in jedem Fall eine befugte Person zu erkennen, die Sieglinde heute noch von innen sehen würde, was nicht stimmen konnte, dachte er, denn die Fahrtrichtung war falsch, und die Operation musste bereits im Gang sein. Der Operateur hatte in einem persönlichen Vorbereitungsgespräch zugesagt, das Sanatorium sofort nach Dienstschluss in der Uniklinik aufzusuchen und dort unverzüglich mit der Operation zu beginnen, für die Sieglinde seit heute Vormittag präpariert worden war. Horst konnte nicht anders, als sich vorzustellen, dass und auf welche Weise ein Körper wie der seiner so unglaublich heiklen Frau ihrem Willen plötzlich entzogen wurde, enteignet, aufgeschnitten und zugänglich war, abgedeckt und auf die Öffnung reduziert, durch die das schadhafte Organ begutachtet, analysiert, korrigiert und gegebenenfalls ganz oder teilweise ersetzt werden konnte. Nein, verbesserte er sich. Letzteres nicht in diesem Fall. In diesem Fall entfernt. Schlicht und einfach. Ab einem gewissen Alter werden Gebärmütter nicht mehr gebraucht. Horst hatte Sieglinde am Vormittag noch besucht, ihr gut zugeredet, den Professor und die Privatklinik gelobt, dann hatte man ihn fortgeschickt, und er war in die Stadt gefahren, ziellos herumgewandert und hatte etwas gegessen; auch wenn sie seit Monaten wussten, dass dieser Eingriff notwendig war, auch wenn er sich als nüchtern und pragmatisch betrachtete, wenn sie beide sich ausgiebig in ihrem Bekanntenkreis umgehört und Vorteile, Risiken und vor allem den Ruf der Operationsorte, -methoden und ausführenden Personen erörtert hatten, war spätestens jetzt klar, dass weder er noch seine Frau auch nur den geringsten Einfluss auf das Geschehen hatten, nie gehabt hatten, alles Sand in die Augen, Augenauswischerei, und vor lauter Aufregung hielt es ihn nicht mehr auf seinem Sitz, er drückte auf den Knopf und verließ die schütter besetzte Straßenbahn eine Station zu früh; egal, würde er eben noch einkaufen, irgendwas brauchte man immer, und er versuchte, sich auf den Haushalt und eventuell darin fehlende Dinge zu konzentrieren.

Stephanie seufzte und wünschte sich, sie könnte den Einkauf einmal in einem halbwegs vernünftigen Tempo absolvieren. Statt dessen verzettelte sie sich schon wieder in der Nudelabteilung. Was tat sie hier eigentlich? Sie hatte klare Vorgaben, alles im Kopf, und trotzdem fand sie sich immer wieder einer Wand von nahezu ununterscheidbaren Produkten gegenüber, aus denen sie offensichtlich etwas hatte auswählen wollen, ohne einen Hinweis darauf zu finden – weder in den Händen noch im Einkaufswagen, noch in der Erinnerung –, was das denn nun schon wieder gewesen sein könnte. Und Sebastian wurde allmählich so unruhig, dass sie sich wirklich beeilen musste, also, noch einmal von vorne, was war das? Bionudeln, am besten diese kurzen geriffelten, die von ihrem Sohn als einzige wirklich als »Nunei« identifiziert wurden und die man vor allem stückweise mit der Hand in den Mund schieben konnte, und dann noch ein, zwei Breigläser, Windeln natürlich, denn in der Nacht brauchte er die noch. Letztens hatte ihr die Tagesmutter erzählt, es gäbe seit neuestem Tendenzen, schon wenige Wochen alte Babys sauber zu kriegen. Viel Spaß, hatte Stephanie geantwortet.

Und während sie das Etikett eines Glases mit pürierter Babynahrung anstarrte, bei dem es sich laut Beschriftung um ein »Menü« handelte, sah Stephanie Reihen geköpfter Hühner auf sich zufahren, elegant um die Kurve schwingen, der Fliehkraft und dem Haken folgen, den das Band an dieser Stelle schlug, ihre Füße fest in gabelförmigen Aufhängungen verankert, in die sie – noch lebend – von mehreren weißgekleideten Menschen gesteckt worden waren, zwei Männern vielleicht und drei Frauen, die sich trotz des Getöses der sich gegen die Behandlung mit all ihren allerdings nicht ausreichenden Kräften zur Wehr setzenden Tiere über eben Allfälliges wie Kreditraten und Umschuldungen, Autos, Handwerker, Kinder und Sommerferienpläne unterhielten. Man hätte sagen können, die Hühner hingen kopfunter, wären die Köpfe nicht so bald entfernt worden, nachdem sie durch ein unter Spannung stehendes Wasserbad gezogen worden waren, das augenblicklich für Ruhe gesorgt hatte.

16:37

Die Mikrofaseroberfläche des Lenkradbezuges fühlte sich angenehm an auf der Stirn, und Luise fiel ein, dass Franz den noch ausgesucht hatte, und eine große Sehnsucht nach ihm überschwemmte sie; er hatte ihr vieles abgenommen, sich um so viel gekümmert, zumindest um solche Sachen, und auch die Urlaubsorganisation hatte er übernommen, sie immer gerne überrascht, mit dem Auto beispielsweise und mit einem Restaurantbesuch am Abend, und die einzige Herausforderung, mit der sie sich konfrontiert gesehen hatte, war die gewesen, sich passend anzuziehen. Und dieser Zustand hatte Luise ganz außerordentlich gefallen.

Das muss gefeiert werden, hatte Franz gesagt, oft und gern, was hältst du von einem spontanen Ausflug? Dabei wusste sie natürlich, dass er das von langer Hand geplant hatte, dass jedes Detail stimmen würde; wir machen keine Geldgeschäfte miteinander, sagte er immer, und auf ihren ein wenig bedenklichen Blick angesichts der gastronomischen Kategorie: das ist es wert und noch viel mehr, und dabei hatte er sie immer so treuherzig angesehen; jetzt, im Nachhinein, musste sie sagen, dass es nur eine sehr kurze Zeit gewesen war, in der sie sich nicht für alles verantwortlich hatte fühlen müssen, und ihr nur die Wahl der Kleidung blieb, und das war eigentlich gar keine, denn zumindest der Stil des Restaurants stand von vornherein fest, sie wusste doch, was ihm gefiel: am Land und doch gehoben. Sie musste was Schlichtes aussuchen, einen Touch ins Rustikale, Landhausstil, Kleidung, die beiläufig wirkte und doch von ganz unzweifelhafter Qualität war, erkennbar an den Details, an der Verarbeitung, am Fall und an der Knitterung des Materials; zumindest für die, die sich auskannten. Und die anderen spielten sowieso keine Rolle. Dann war Luise voller Erwartung im Halbdunkel des Vorraums gestanden und hatte wieder einmal festgestellt, dass der Spiegel besser beleuchtet hätte sein können; und als er endlich kam, hatte sie halbherzig eingewandt: Aber du, geht das denn bei dir?

Das kann ich mir schon einteilen, hatte er gesagt. Flug habe ich heute keinen mehr, und den Rest kann ich genauso gut morgen erledigen. Dann hatte er sie geküsst.

Zerbrich du dir mal nicht meinen Kopf, hatte er dann gesagt. Gut siehst du aus. Er hatte ihr behutsam die Haare aus dem Gesicht gestrichen. Rate lieber mal, wo wir hinfahren. Und als sie ihn weiter nur erwartungsvoll angesehen hatte: Ferdinand hat mir da letztens von einem neuen Lokal erzählt.

Wo?, hatte sie gefragt.

Lass dich überraschen, hatte er gesagt, ihre Hand genommen, und sie hatte sich willig zu seinem Auto führen lassen.

In die Trafik vielleicht noch vorher, dachte Horst, irgendetwas fand sich immer, das er mitnehmen konnte, und Horst sprach gerne mit dem Trafikanten, einem ruhigen, freundlichen Mann in seinen Vierzigern, man tauschte sich aus über dies und das, über Veränderungen in der Gegend, Abrisse und Neubauprojekte beispielsweise, denn der Trafikant war einer der wenigen, die noch wussten, dass Horst im Stadtbauamt tätig gewesen war und mit einigen Baubewilligungen für Objekte hier in der Gegend ursächlich zu tun gehabt hatte. Horst überlegte, dass ein paar internationale Wochenzeitungen nicht schlecht wären, obwohl die Auswahl hier zugegebenermaßen nicht sonderlich groß war, nicht zu vergleichen mit der Konkurrenz in der Innenstadt, aber Geschenkpapier könnte er kaufen, für Sieglinde, für alle Fälle, selbst wenn auch das diesbezügliche Angebot des Trafikanten nicht überwältigend war, es schadete nicht, etwas im Haus zu haben, und ein Geschenk würde er auf jeden Fall noch besorgen müssen, nur was, das wusste er nicht, und Kleber würde er auch brauchen, der war aus; sein Blick streifte über eine Motorhaube, eine Windschutzscheibe, wie über dutzende davor, und doch störte da etwas das Bild, das Blech war verzogen, schlimmer, eine Gestalt war über dem Lenkrad zusammengesunken, ein Unfall, dachte Horst, in einer Parkbucht?, vergaß die Frage, für welche Art von Klebstoff er sich entscheiden sollte (Stick oder Tube?), und bückte sich ein wenig, um durch das Fenster zu sehen. Die Frau, denn nun sah er, dass es eine Frau war, schreckte auf, und Horst, dem seine Neugier auf einmal peinlich war, ging rasch weiter, aber es hätte doch etwas mit ihr sein können, verteidigte er sich, es hätte doch immerhin sein können, dass etwas mit ihr ist.

Luise griff in der Zwischenzeit nach dem Zündschlüssel und stellte fest, dass sie ihn schon ins Schloss gesteckt hatte, dabei hatte sie doch die Gelegenheit nützen wollen, dort drüben noch schnell etwas einzukaufen.

16:38

Doris hatte die Kasse erreicht und verfluchte die Tatsache, dass sie sich keinen Einkaufswagen genommen hatte; die Getränkeflaschen waren kaum zu schleppen. Die Schlange war erstaunlich lange; überhaupt das Warten, immer und überall warten. Sie reihte sich ein und erkannte den im Nacken zusammengebundenen Haarschwanz des Mannes vor ihr, und wieder stieß ihr der Ärger auf, der sie vor dem Kühlregal erfasst hatte, diese ohnmächtige Wut angesichts der Demütigung des Wartens, des Umstands, dass man sie warten ließ; es gibt wohl keine schlichteres und effizienteres Mittel, um hierarchische Abstände klar zu machen, dachte Doris, als jemanden zu zwingen, auf etwas zu warten.

Vorne ging nichts weiter; ein Kind schrie. Doris starrte auf den Inhalt ihres Einkaufskorbs und setzte ihre Folgerungen fort. Die Macht ist in den Händen derer, die die Zeit einteilen und zuteilen, die Zeitpunkte bestimmen und Zeiträume verstreichen lassen, dieser Mechanismus ist selbsterklärend.

Wir sind doch letztens zu dem Schluss gekommen, dass der Entscheidungsfindungsprozess jetzt an einem Punkt angelangt ist, sagte der Mann vor ihr zu seinem Mobiltelefon; er war anscheinend immer noch in sein therapeutisches Gespräch verwickelt. Wo die Grundlagen klar auf der Hand liegen, setzte er fort und betrachtete einen Pappmachékorb mit Cocktailtomaten. Wo die Rahmenbedingungen abgesteckt sind.

Genau, dachte Doris, und nur wenn man durch diese Schule gegangen ist, kann man das später selbst richtig anwenden.

So viel Zeit muss sein; und so hatte man sie damals auch warten lassen, vor dem Vorstellungsgespräch in diesem wunderschönen leeren Konferenzraum, den sie vorsichtig betreten hatte, vorsichtig, doch mit entschiedenen Schritten, wie sie das gelernt hatte, und jeden dieser Schritte hatte sie gehört, sie hatte einen der Stühle vor dem langen Versammlungstisch gestreift, der das Bild einer streng religiösen Gemeinschaft aufrief, vor der sie nun zu bestehen hätte. Wo hatte sie das nur her? Aus irgendeinem Dogma-Film wohl, den sie als Jugendliche gesehen hatte; genau, die Erinnerung schlug sich nieder, Jahre später hatten sie in einer Mittagspause darüber diskutiert, und Luise hatte ihn so toll gefunden, und Doris hatte nur gemeint, ihr habe der Film nicht gefallen. Hätte sie vielleicht nicht sagen sollen, so begeistert, wie Luise gewesen war von der Intensität der Darstellung von Leidenschaft und Selbstaufgabe. Damals in dem leeren Raum jedenfalls, so lange war das doch nicht her, drei, dreieinhalb Jahre, hatte sie angesichts der Tatsache, dass sie ganz allein gewesen war, wenigstens die Stühle angegriffen, über eine Lehne gestrichen – schichtverleimtes, in tagelangem Trocknungsprozess in Form gebogenes Holz. Sie hatte die Hand gehoben, was erwartete man? Dass das Warten Teil der Prüfung war, geschenkt, nichts wurde dem Zufall überlassen, sogar die Wahl der Zeitung, die man ihr im Vorraum überlassen hatte, würde Bedeutung haben, das verstand sie, darauf war sie trainiert. Sie hatte nach einem Magazin gegriffen, das sie sonst nur am Klo las, ohne rechte Aufmerksamkeit, nur in dem Gefühl, eine gute Tat zu tun (für die Karriere, ihre Bildung, das unverzichtbare, verletzliche, wunderbare Selbstbild): der Verstand, hatte sie gedacht, wäre möglicherweise angeschärft durch die Situation, vielleicht deshalb im

Stande, das Gelesene in ungewohnter Weise zu absorbieren, wer weiß?

Horst betrat die Stufen, die zur Trafik hinaufführten. Mussten die denn nicht behindertengerecht sein?, hatte es nicht immer geheißen, Trafikenbetreibungslizenzen würden bevorzugt an Behinderte vergeben; das, folgerte Horst weiter, hieß allerdings noch nicht, dass der Eingang rollstuhltauglich sein musste, bestimmt gab es noch eine Hintertür. Und überhaupt, beruhigte er sich, Sieglinde würde nicht in den Rollstuhl kommen, nicht wegen sowas, obwohl, wenn sich nun herausstellte, dass Metastasen …, auch dann bedeutete das keinen Rollstuhl, mit Sicherheit keinen Rollstuhl, nicht einmal Gehhilfen, und was es stattdessen bedeuten konnte, daran wollte er jetzt nicht denken, er konzentrierte sich auf die Schlagzeilen, die neben dem Eingang für Tageszeitungen warben: *Überfall: Täter flüchtig!* und *Integrationsunwilligkeit: Wann wachen unsere Politiker auf?* Es hatte schließlich keinen Sinn, sich den Kopf über etwas zu zerbrechen, das er morgen jedenfalls genauer wissen würde. Oder übermorgen. Spätestens übermorgen.

Doris schob die Getränkekiste mit dem Fuß dieses Stück weiter, das eben möglich war und das den gegebenenfalls von der Seite Kommenden, bei denen man nie wusste, ob sie womöglich den Versuch unternehmen würden, sich einfach so dazwischen zu schieben und dann so zu tun, als hätten sie den Verlauf der Schlange nicht gesehen, anzeigte, dass sie bereit war, ihren Platz zu verteidigen; doch es kam niemand von der Seite. Andererseits, sagte der Mann vor ihr. Genau. Passt nicht in Ihr Portfolio. Es liegt ganz bei Ihnen. Genau.

16:39

Schon zu viel Zeit verloren: erst einmal Obst, das ist immer gut, dachte Luise, und dann darüber nachdenken, was man kochen könnte; irgendwas würde sie schon anlachen, sie würde das schaffen, sie hatte noch immer alles geschafft. Hier in der Gegend war sie nicht oft, nur dann, wenn sie zufällig vorbeikam, vom Arzt ihres Vertrauens zum Beispiel, blöd nur (wenn sie darüber nachdachte), dass auch den ausgerechnet Ferdinand ihr empfohlen hatte, oder vielmehr Jasmin, so schnell fand man so jemanden nicht, da lohnte sich schon der Umweg, aber heute hatte sie ihn nicht erreicht, hätte sie sich denken können. Die Praxis war geschlossen, Urlaub bis Mitte Jänner, wie eigentlich jedes Jahr, Schiurlaub wohl, oder doch Karibik?, und »Fortbildung« stand auf dem Zettel, der über das Ordinationsschild geklebt war, blöd, jetzt musste sie noch einmal dort hin, aber ihr Vorrat reichte noch für so zwei, drei Wochen. Hier konnte man wenigstens noch gratis parken, einer der wenigen Vorteile der Vorstadt. Dann: schnell heim, zur Feier des Tages etwas gekocht, nur was?, Kind gesättigt, niedergelegt und ihm was vorgelesen, das Vorlesen mochte Luise besonders, kam nur leider viel zu selten dazu, dann noch die letzten Anweisungen an die Babysitterin, die war noch relativ neu. Das ging sich locker aus, wenn sie sich ein Taxi nahm, nur nicht das eigene, wie sah das aus, ein Taxi andererseits ein wenig abgehoben, zu wenig bürgernah? Nein, in jedem Fall besser als eine zerbeulte Karosserie, das war keine Frage, die schadhafte Stelle musste ausgebessert werden, und zwar dringend; und nicht vergessen! Kaum ist man im Büro, dann checkt man nur noch die elektronischen to-do-Listen, und alles andere versickert so. Das könnte natürlich an den; nein, der Arzt hatte ihr versichert, dass das auf keinen Fall, und schließlich, sie ging durch eine schwere Zeit, und da wäre es sicher am Besten, so gegenzusteuern und das Schlimmste abzufedern, aber trotzdem, so genau wusste man das nie, bei diesen Dingern.

Wobei es sonst immer wunderbar klappte mit den to-do-Listen. Ja, verdammt, sie musste es der Sekretärin sagen, wofür hatte sie die denn, wenn nicht dafür, dass sie ihr den Rücken freihielt, damit Luise sich ihren eigentlichen Aufgaben widmen konnte. Ferdinand sagte immer, sie funktioniere mit der Präzision eines Uhrwerks, und er hatte natürlich eine von diesen alten Schweizer Uhren, auch Franz hatte so eine haben wollen, und sie hatte eigentlich vorgehabt, ihm so eine zu schenken. Ja. Soviel dazu.

Stephanie hatte noch einmal kehrtmachen müssen, da sie vorhin die Karotten vergessen hatte und versuchte, sich einen Überblick über die räumliche Anordnung der Gemüse- und Obstpaletten zu verschaffen, als eine Frau in erstaunlichem Tempo ihren Weg kreuzte und im Vorübergehen nach einem Sack mit Äpfeln griff. Die Farben vor Stephanies Augen begannen zu rauschen, das taten sie immer nach einiger Zeit, das lag wohl am Licht, dennoch wurde sie den Eindruck nicht los, dass es mit der Luft zusammenhing; egal, sie musste hier raus und zwar rasch. Sebastian schien das Drehen am Rad ebenfalls leid zu sein, immer wollte er wissen, ob er bald zahlen könne, ja, sagte Stephanie; vielleicht begann er auch zu begreifen, dass er den feuerroten Rennwagenteil des Hybridgefährtes trotz aller Bemühungen nicht kontrollieren konnte. Jedenfalls bäumte er seinen Körper auf, so hoch es ging, schrie: zahlen!, streckte den Arm aus und ließ ein Glas fallen, das erstaunlich leise auf einer der graumelierten Kacheln platzte und eine Gurkenarmada auf einem Essigwasserfilm über den Boden schießen ließ, Sebastian!, sagte Stephanie ohne rechte Kraft, wich gerade noch rechtzeitig dem aufgeschreckten Blick einer scharfkantig verschleierten Frau von der gegenüberliegenden Gemüseflanke aus und hätte sich am liebsten unter den Obststeigen verkrochen, still und in aller Ruhe.

Tobias hörte das Geräusch des splitternden Glases und deutete es sofort richtig, nämlich als einen Haufen Arbeit, der auf ihn zukam, sein Instinkt sagte ihm, dass er den Blick jetzt besser senkte und seine ganze Arbeitskraft dem Einräumen von Schokoweihnachtsmännern, Neujahrsschweinen und anderen saisonalen Süßwaren in den Sonderangebotsständer widmete, der taktisch klug vor den Kassen aufgebaut war; sonst würde er wieder dran glauben müssen, wer sonst, und schließlich: sollte er Einzelhandelskaufmann werden oder Putzfrau? Doch konnte er von Glück reden, dass er den Ausbildungsplatz bekommen hatte, das sagten alle, und trotzdem mochte er die Arbeit nicht, er hätte nicht einmal sagen können, warum, außer, dass es einfach nicht das war, was er vom Leben erwartete. Er wartete aufs Wochenende und hoffte, dass er einmal frei kriegen würde Samstag Vormittag, dann hätte er wenigstens Freitag Abend voll nutzen können. Tobias!, rief eine Stimme, die er nicht sofort identifizieren konnte, aber das war ohnehin egal, so oder so musste er sich in Bewegung setzen. Scheißweihnachten, sagte er mit einem letzten, beinahe liebevollen Blick auf seine Abverkäufe.

16:40

Gut, gut, sagte Horst auf die Frage des Trafikanten, wie es denn seiner Frau gehe, unglaublich, diese ganzen Überfälle, sagte er dann, und deutete auf eine Zeitung, das macht ihr Sorgen; ja, sagte der Trafikant, überhaupt diese Kriminalität, und pflügte mit den Nägeln durch seinen kurzen Vollbart. Horst war froh, dass er auf diesen Zug aufgesprungen war; ich selber, sagte er noch, ich habe nun wirklich nichts gegen Ausländer; an sich, meine ich, fügte er hinzu, sollte der Trafikant doch von ihm denken, was er wollte, alles, nur nicht daran erinnert werden, in welchem Zustand sich Sieglindes Körper jetzt befand, und daran, was er morgen oder auch übermorgen erfahren würde, und auch daran, dass er manchmal den Eindruck hatte, es käme ihr gar nicht so ungelegen, sich von ihm versorgen zu lassen; und er schämte sich für den Gedanken, dennoch konnte er ihn nicht unterdrücken. Er grüßte schnell, zog den Hut, wandte sich zum Gehen und hoffte nur, dass gerade keine Schulklassen den Supermarkt überschwemmten, doch um die Zeit, dachte er, ist damit nicht zu rechnen.

Und heute Abend die Rede vor den Müttern, so hatte Ferdinand sie genannt, Mütter, sowieso die dümmste Spezies, leicht zu befriedigen, wenn man ihre Wertigkeit und gesellschaftliche Relevanz und all so was herausstrich. Ja, und was für eine gute Nachricht für die Kinder das sei, wenn die Mütter endlich wieder mehr Zeit für die individuelle, direkte, persönliche, nein: unmittelbare – das war jetzt gut, einmal was anderes: unmittelbar, was für ein Wort, un-mittel-bar, was hieß das eigentlich?, klang jedenfalls sehr positiv: endlich mehr Zeit für die unmittelbare Betreuung ihrer Sprösslinge daheim, auch immer ein netter Begriff, mehr noch, für die ganze Familie – spätestens da beginnen dann die Äuglein zu glänzen, also wenn die Mütter wieder die Wahlfreiheit hätten, sich diese Zeit endlich wieder nehmen zu können, das verdankten sie nicht zuletzt, nein, zu defensiv, dafür hatte ihre politische Bewegung die Weichen gestellt, und man solle sie nur fragen, ja, sie, Luise H.-W., gerade sie als Frau und Mutter wisse, wovon sie rede, und sei der Garant dafür, dass diese Politik eine mit Herz und aus der Erfahrung des prallen Lebens …

Ja, so in der Art. Das konnte sie aus dem Bauch heraus, dafür brauchte sie kein Manuskript. Nichts erbärmlicher als Politiker, die mühsam von raschelnden Papierseiten ablesen, die am Ende dann noch feucht werden von ihren Händen, wo sie doch echt, sagte Ferdinand immer, echt und zum Angreifen rüberkommen sollten. Und heute Abend diese Bürgerplattform, das hieß vermutlich BürgerInnenplattform, was für eine Pest, gegen den Feinstaub waren die, oder gegen die Gentechnik, irgendsowas, sie musste noch einmal nachschauen, also da würde das bestimmt auch kein Problem sein.

Und vorhin ja auch wieder so eine Mutter mit dem Kind im Einkaufswagen, eine von denen, die es für Zuwendung hielten, ihr Kind durch den Supermarkt zu schleifen, als ob sie nicht begreifen könnten, dass man da sein muss für sein Kind, nein, als ob das ihren geistigen Horizont einfach überstiege … Luise wurde zornig, sie spürte es genau, ruhig Blut, dachte sie, denk lieber an deine Rede. Nein, da war es wahrhaftig besser, die Betreuungszeiten für solche Alltäglichkeiten zu nutzen, wie sie das tat, und dafür voll und ganz präsent zu sein, wirklich mit seinem Kind zusammen zu sein, wenn man mit ihm zusammen war, mit einem Wort: eine intensive qualitätsvolle Zeit mit dem Kind zu verbringen, wie sie das tat.

Ein Mann trödelte vor den Milchprodukten herum und blockierte das halbe Regal, dem würde sie es zeigen, Tschuldigung, sagte sie und griff an ihm vorbei nach einer Packung Butter, er schrak auf, und im Weitergehen, noch im Vollgefühl des Triumphes, keimte der Gedanke auf, dass sie ihn kannte, sie wandte sich noch einmal um, um seinem Blick zu begegnen und den Realitätsgehalt ihrer Vermutung zu überprüfen; er sah an ihr vorbei. Kein Grund zur Beunruhigung, befand sie, schließlich traf sie auf so viele Menschen, dass es unmöglich war, sich alle Gesichter zu merken, und so konnte es sehr wohl sein, dass dieses Gesicht bloß eine vage Ähnlichkeit mit einem anderen, ihr tatsächlich bekannten hatte; andererseits war es meist umgekehrt: sie wurde erkannt, stellte dann eine gewisse Vertrautheit mit der dargebotenen Physiognomie fest und schloss aus dem Zusammenhang oder aus dem sich ergebenden Gespräch auf den Kontext, aus dem sie das Gesicht hätte kennen sollen. Aber dieser Mann kannte sie entweder gar nicht, oder er wollte sie nicht kennen. Auch daran hätte sie sich schon längst gewöhnt haben sollen, sie machte den Job ja nicht erst seit gestern, und es war auch klar, dass sie sich nicht überall Liebkind machen konnte: Wer etwas bewegen will, muss sich trauen anzuecken, und wer nur Beifall erntet, hat was falsch gemacht. Dennoch irritierte sie die Vorstellung, und der Umstand, dass sie gegen diese Irritation nichts tun konnte, ärgerte sie geradezu.

16:41

Luise tröstete sich rasch mit dem Gedanken an diese eine Bemerkung, die ihr so gelungen war und die letztlich ihren Durchbruch bedeutet hatte, einfach weil sie den Nerv des Augenblicks getroffen hatte (und das war nur ein Beispiel von vielen, wie sie wusste, für so was hatte man eben einfach Talent, oder man ließ es gleich bleiben, und sie, sie hatte Talent, sie erfüllte die ihr zugeteilte Rolle ganz instinktiv, oder vielmehr: aus Berufung, das Ausfüllen der ihr parteiintern und turnusmäßig zugeteilten Rolle war Erfüllung), nämlich, als sie in ihrer Eigenschaft als Sicherheitssprecherin mitten in die Aufregung um den unrühmlichen Abgang eines gewissen Herrn »Susi«, »Sisu« oder so, eines französischen Fußballstars algerischer Abstammung, der einen Gegenspieler durch einen Kopfstoß in Straßenjungenmanier, wie es geheißen hatte, gefällt, sich damit aus dem Weltmeisterschaftsendspiel katapultiert und seine Mannschaft um den Sieg gebracht hatte, in einem kleinen Nebensatz bei einer Pressekonferenz bemerkt hatte, da sehe man wieder, wohin überstürzte und unkontrollierte Einbürgerungen führten, und es bedürfe eben der Anerkennung europäischer Werte, wenn man Europäer sein wolle, und deshalb trete gerade ihre Bewegung undsoweiterundsofort. Der übliche Sturm der Entrüstung von ebenso üblicher Seite hatte ihr breiteste mediale Aufmerksamkeit beschert (und Ferdinand, nicht zu vergessen, kurz darauf einen deutlichen Stimmengewinn, wenn er das allerdings und völlig selbstverständlich auf seine eigene Performance zurückführte). Ferdinand war jedenfalls zufrieden gewesen, und aus wohlinformierten Quellen (einer Quelle, um genau zu sein: einem frankophilen Kulturpolitiker aus dem bürgerlichen Lager, der eben von irgendeiner hochwichtigen Mission aus Frankreich zurückgekehrt war) hatte man ihr sogar zustimmende Worte französischer Meinungsmacher, wie es so schön hieß, zugetragen, ein Volltreffer, dabei hatte sie nur ohne lang nachzudenken ihrer Meinung Ausdruck verliehen: Sie hatte einfach Instinkt, da konnte man sagen, was man wollte. Und im Übrigen hatte sich wieder einmal gezeigt, dass die Rechte eben als einzige den Mut hatte auszusprechen, was der Rest (und nicht nur die Linke, wenn es die denn noch gab) dachte.

Die Ausrüstung war komplett. Die richtigen Schuhe, damit fing es an, die richtige Musik (die Auswahl und die Festlegung der Abfolge hatten ihn einige Zeit gekostet; außerdem hatte er zwei, drei Titel als zu abgespielt wieder verworfen, immer ein Fehler, wenn man sich zu früh festlegt), Jeans, T-Shirt, Sweater, Jacke, nichts Auffälliges; dann natürlich die ausgetüftelte Befestigung des Handys, er hatte die Position und Halterung mit Sid getestet und so optimiert, dass er problemlos drankam und die Aufnahme starten konnte, dass das Gerät aber auch fest genug am Körper verankert war, dass es nicht zu sehr wackelte und man hinterher auch was erkennen konnte, genug jedenfalls, um die Aktion zu dokumentieren und den Beweis an den Kreis der Eingeweihten zu verschicken oder auch ins Web zu stellen; auch wenn Sid noch zusätzlich von außen filmen würde, die beste Perspektive war sicher die von seinem Brustkorb aus. Jacke drüber, Sonnenbrille, Mütze. Mo verließ das Haus und machte sich auf den Weg zum Treffpunkt.

Anna K. flüchtete rasch ins hellerleuchtete Innere und bemerkte nebenbei, dass kein Hund am Gestänge hing, das die Einkaufswagenschlange seitlich begrenzte; um so besser für die Bettlerin, die wohlweislich dennoch Abstand zu dem gebogenen Metallrohr hielt, das man doch so gut zum Anlehnen verwenden hätte können, das aber ebenso gut als Markierungspfosten für Hundeterritorien zu gebrauchen war, und Anna K. fragte sich, wie die Frau, der sie eben eine Münze in ihren Korb gelegt hatte, das aushielt da draußen, ob ihr die Temperaturen eigentlich arg zusetzten, denn, auch wenn es überraschend warm war für die Jahreszeit, es war doch Winter, und der Boden kalt, und überhaupt als Frau war man da schließlich empfindlich; oder konnte man so abgehärtet sein, dass man das nicht mehr spürte, war das möglich? Anna rief sich zur Ordnung: Sie würde das jetzt nicht klären können, sie musste jetzt ans Abendessen denken, deshalb war sie ja hier. Sie hatte Sehnsucht nach einer dampfenden Mahlzeit, nach magenfüllender Wärme, die in den ganzen Körper abstrahlte, und sie überlegte, wie sich dieser Wunsch wohl am ehesten realisieren lassen würde. Kartoffelpüree, zum Beispiel, und beim Gedanken daran wurden ihr die Mundwinkel feucht, Kartoffelpüree speicherte die Hitze ganz wunderbar und ließ die Butter zu gelben Rinnsalen zerschmelzen, die etwa unter locker aufgehäuften gelben Zwiebelringen hervorquellen konnten, aber was dazu? Sie wäre ja damit zufrieden gewesen, für sie hätte das vollkommen ausgereicht, aber Karl war erst glücklich, das wusste sie, wenn auch was Fleischiges auf den Teller kam, und heute wollte sie ihm den Gefallen tun, vielleicht würde das den nächsten Ausbruch ein wenig hinauszögern, ein wenig gelinder ausfallen lassen; und Haarfärbemittel brauchte sie auch ganz dringend, denn es ließ sich nicht leugnen, dass der Bestand trotz kluger Vorratswirtschaft allmählich zur Neige ging, und nichts hasste sie mehr, als unter Druck zu stehen und womöglich zusehen zu müssen, wie der Nachwuchs überhand nahm, womöglich durch irgendwelche unglückliche Umstände ans Haus gefesselt zu sein und keine Möglichkeit zu haben, das dringend Benötigte zu besorgen. Sie baute lieber vor. Dennoch stellte es bereits ein Risiko dar, dass sie überhaupt einkaufen ging; aber heute war ihr nichts anderes übrig geblieben, als seinen etwas verspäteten Nachmittagsschlaf bestmöglich zu nutzen.

Die gehen nach Gewicht, sagte die Frau an der Kasse; und der Mann vor Doris zuckte mit den Schultern, macht nichts, sagte die Kassiererin, ich mach Ihnen das. Schon war sie verschwunden (froh, einmal aufzustehen und wenigstens die paar Schritte bis zur Waage für nichtabgepacktes Obst und Gemüse machen zu können), und Doris starrte finster auf die sakkobewehrte Rückseite; so kurz vor dem Ziel, und dann musste diese Frau sich ausgerechnet jetzt plötzlich vor Diensteifer überschlagen, vermutlich fand sie, dass er nach Geld aussah, so war das doch immer. Vielleicht rechnete die Verkäuferin sich Chancen aus, wenn sie sich da ein Bein ausriss für den, sollte der doch selber seine Cocktailtomaten abwiegen, oder was das war, und sich noch einmal hinten anstellen, selber schuld, wenn er nicht aufpasste, wie kam sie eigentlich dazu. Und dann sagte er nicht einmal danke, hing am Handy und fragte: Darf ich Sie um etwas bitten? Ja, genau. Das ist gut. Tun Sie etwas für mich? (Tust du etwas für mich, dachte Doris. Wirfst du dein mobiles Endgerät kurz auf den Boden und trampelst darauf herum, bitte? Ich sag auch ganz lieb bitte.)

16:42

Anna K. bemühte sich, umsichtig einzukaufen, das hatte sie schon immer getan, sowohl auf die Qualität als auch auf den Preis zu achten, lieber weniger, dafür sinnvoll auszuwählen. Zur Zeit stand sie etwas unschlüssig vor den Kartoffelsäcken, griff nach den Knollen, so gut das durch das Gitternetz eben ging, und versuchte, sie auf ihre Kernigkeit hin zu überprüfen. Überhaupt hatte sie immer getan, was von ihr erwartet wurde, da konnte ihr niemand was nachsagen: Sie war stets bemüht, das Richtige zu tun, nur leider hatte sie begreifen müssen, dass das nicht sonderlich geschätzt wurde und vergolten, dass man dafür nicht das bekam, was einem eigentlich zustand, so wie sich das gehört hätte; von Anfang an hatte sie versucht, alles systematisch, ordentlich und sauber und vor allem: richtig zu machen, schon in den ersten Jahren ihrer Ehe, als es ihr beispielsweise wichtig gewesen war, die Aufwendungen und Anstrengungen des Haushalts vor Karl geheim zu halten, und sie eine Stunde vor ihm aufgestanden war, nur um sich ihm beim Frühstück (die Wäsche bereits in der Maschine, das zum Trocknen aufgestellte Geschirr des Vortages zur Sicherheit noch einmal abgewischt und wieder in die Hängekästen eingeräumt, die Erdäpfel für das Abendessen auf dem Herd, das Frühstück adrett und appetitlich am Wohnzimmertisch) schon fertig hergerichtet, wenn auch noch im Hauskittel zu präsentieren, denn damals hatte sie noch gearbeitet und daher tagsüber keine Zeit für die Hausarbeit gehabt, und weder ihre Ehe noch ihr Ehemann, hatte sie gedacht, sollte unter ihrer Berufstätigkeit zu leiden haben; und mit welchem Resultat? Kaum war das erste Kind da und sie zu Hause geblieben, hatte er schon angefangen, dann und wann, Bemerkungen fallen zu lassen, die etwa den Inhalt hatten, dass er nicht verstünde, was sie so täte den ganzen Tag, denn damals, als sie noch gearbeitet hätte, wäre der Haushalt schließlich auch picobello gewesen, so drückte er sich aus, picobello! Da hatte Anna zum ersten Mal begriffen, dass sie sich mit ihrer Perfektion nur ins eigene Fleisch schnitt; aber von der Theorie zur Praxis war der Weg lang. Und sie war nun mal ein bisschen langsam, das war ihr durchaus bewusst. Sie war diejenige, die stundenlang vergeblich versuchte, ein Ei in einem labilen Gleichgewicht zu halten, und dann kam er und schlug die Spitze einfach an und ließ sie mit dem sich ausbreitenden Eiklar stehen und lachte höchstens darüber, dass Anna das so offenkundig peinlich war, dass ihr die Lösung nie eingefallen wäre, und das wäre sie auch nicht. Aber peinlich war ihr das nicht, da missverstand er sie völlig, sie ärgerte sich, so war das, denn es handelte sich schließlich um keine Lösung, das Ei war kaputt und das Ganze damit höchstens ein dummer Scherz, aber doch keine Lösung der Aufgabe, ein Ei auf die Spitze zu stellen, auch wenn man dafür Columbus strapazierte; aber der war eben auch nur ein Mann.

Sind Sie bereit?, fragte der Mann. Sitzen Sie bequem? Wunderbar. Lassen Sie die Hände jetzt für sich entscheiden. (Da weiß die Linke nicht, was die Rechte tut.) Wo ist jetzt die erste Möglichkeit, von der wir gesprochen haben? Gut. Rechts. Sehr gut. (Zur Rechten Gottes, von dort wird er kommen zu richten.) Benennen Sie es. Die zweite. Gut. (Richten lassen, dachte Doris, Küchenboiler. Auch ein ewiges Versäumnis.) Spüren Sie etwas? Wir haben Zeit. Alle Zeit, die Sie brauchen.

Mag sein, sagte Doris. Ich aber nicht. Aber immer noch

war das anscheinend zu leise; der Mann vor ihr nahm sie weiterhin nicht zur Kenntnis, und sie merkte, dass sie rot wurde, was nicht oft geschah, doch wenn sie sich ärgerte, konnte das passieren, weil sie im Grunde wusste, dass sie den nun folgenden Ausbruch nicht nötig hatte und ihn dennoch nicht verhindern konnte. Da der Sakkorücken nichts hergab, keine Regung zeigte, so sehr sie auch versuchte, ihm ihre Botschaft mitzuteilen (und ganz im Gegensatz zur gängigen Behauptung, man könne es spüren, wenn einen jemand von hinten ansah, intensiv ansah, so wie sie das tat), wartete sie, bis die Kiste den direkten Sichtkontakt zwischen ihr und der Kassiererin nicht mehr behinderte und sagte, so leise und ruhig, wie ihr das möglich war:

Sagen Sie mal, geht das nicht schneller? Wie lange sollen wir eigentlich noch warten? Und als die Kassiererin nicht reagierte, bloß ausdruckslos drein schaute, als ob sie einem interessanten Traum nachhinge oder unter Drogen stünde, oder beides, setzte Doris nach:

Und dann solche Sonderbehandlungen und Extrawürste, was denken Sie sich eigentlich …

Wenigstens an der Kasse sind hoffentlich noch alle gleich! Die Kassiererin schluckte kaum merklich, kratzte ihre blonde Kurzhaarfrisur, legte dann die Hand vor den Mund und entgegnete unter Hüsteln: sbzndreiundneunzig, wie bitte, sagte Doris, ein wenig aus dem Konzept gebracht, sie hörte ein Gemurmel hinter sich, das zustimmend klang. Siebzehn Euro dreiundneunzig, wiederholte die Kassiererin, ich zahle mit Karte, sagte Doris, deren anhaltende Gesichtsröte nun in interessantem Gegensatz zu ihrer inneren Ruhe stand, die sie, hätte man sie gefragt, eher als Blau beschrieben hätte: Sie war mit sich zufrieden und konnte nun ebenso friedlich zum

Zahlen schreiten; allerdings bedurfte es dreier Anläufe, um die richtige Tastenkombination einzugeben.

Aber nein, überlegte Anna K., als eine muntere Stimmen aus dem Lautsprecher dazu aufforderte, das aktuelle Angebot nicht zu versäumen, Fleisch hatten sie diese Woche schon zweimal gehabt, oder nicht? Also kein Püree heute, wehmütig betrachtete sie die Knollen im Einkaufswagen, wobei sie das Püree ja eigentlich vorkochen könnte, das ließ sich problemlos einfrieren. Und wenigstens ein wenig davon kosten. Und dann fiel ihr Risotto ein, Risotto, das aus dem Topf kam wie weißglühende Lava, ja, die Vorstellung gefiel ihr, Risotto mit Pilzen, Trockenpilze zwar, aber besser als Gemüse, das würde er doch nicht essen, und sie könnte ihm ja noch ein wenig Aufschnitt kaufen, ein bisschen Salami oder Karree, falls er dann noch Hunger hatte, nur trödeln durfte sie nicht zu lange, insbesondere, wenn sie sich noch beim Fleisch anstellen wollte, sonst wachte er womöglich noch auf in der Zwischenzeit, und das wäre für seinen Zustand ganz, ganz schlecht, das wusste sie, wenn sie dann nicht antworten würde auf sein Rufen; er wäre im Stande und würde einfach losziehen. Zeitung kaufen, oder wie auch immer er es nannte.

16:43

Es ging entschieden aufwärts. Nach ihrem Umzug war er schließlich zwei Jahre so unten gewesen, dass es nur mehr aufwärts gehen konnte. Mo schlenderte eine langweilige Vorstadtstraße entlang, die von schäbigen Einfamilienhäusern und vereinzelten, noch heruntergekommeneren Wohnblocks gesäumt war, er hatte nie verstanden, wieso seine Mutter gerade in diese gottverlassene Gegend hatte ziehen müssen; aber sie meinte wohl, da gabe es genug Grün rundherum, in dem er spielen könnte; spielen! Dabei war er damals schon zu alt dafür gewesen. Und jetzt brauchte er dafür Stunden in die Stadt. Toller Plan! Der Bus war ihm gerade davon gefahren, aber das machte nichts, er hatte Zeit genug. Eigentlich war er zu früh losgezogen.

Luises Hunger wuchs beim Anblick der Würste und sonstiger Aufschnittware (und außerdem, so kam es ihr vor, war ihr ein sanfter Bratengeruch in die Nase gezogen, ohne dass sie dessen Ursprung entdecken konnte); kein Wunder, sie hatte seit gestern Abend nichts Richtiges mehr gegessen. Sie hatte plötzlich ein unbezähmbares Bedürfnis nach etwas Schlichtem wie einer Semmel mit Polnischer, wie Tante Vroni das genannt hätte, und diese Vorstellung hatte sie auf direktem Weg vor die Fleischvitrine getrieben; aber so schnell würde sie hier nicht drankommen, wie es aussah. Die eine Frau richtete gerade sieben Kornspitze und drei Sonstnochwas her, die zweite hatte sich überhaupt verzogen, und die dritte war beim Brot beschäftigt. Der Abend gestern hatte Luise den Rest gegeben. Fast so wie diese Wahlveranstaltung damals, wobei, so schlimm war die eigentlich doch nicht gewesen; da hatte sie schon Schlimmeres mitgemacht. Egal. Die Entscheidung war vielleicht damals gefallen, als sie Ferdinand »meine lieben Freunde« sagen hörte, verstärkt und verzerrt durch die Mauern, die nur die niedrigen Frequenzbereiche durchzulassen schienen, sodass nur mehr eine Rumpfvariante seiner Stimme durch die Nebenräume hallte, gestutzt, doch eindeutig genug, dass jemand, der mit seiner Satzmelodie und Wortwahl vertraut war, ihn sofort erkannte. Senf oder Gurken?, fragte die Verkäuferin, deren dunkles Haar stellenweise deutliche Spuren heftiger und unsachgemäßer Bleichmittelbehandlung aufwies. Natürlich, mach du nur weiter so, dachte Luise, oder vielleicht doch eher Kren?

Horst passierte mit leicht schlechtem Gewissen und ohne hinzusehen die Bettlerin, die waren organisiert, das wusste man ja, und das mochte er nicht, das war Betrug, Vorspiegelung falscher Tatsachen; nicht dass er sich an sich verschlossen hätte, das nicht. Und gerade heute. Er hätte ihr was geben sollen, nicht dass er abergläubisch war, aber im hintersten Winkel seiner Exministrantenseele hatte er doch das Gefühl, dass er einen Handel mit Gott machen könnte, und dass Gott eine kleine Spende an diese Frau oder auch nur an ihre Dachorganisation durchaus akzeptiert hätte, um dafür andererseits. Andererseits. Nein, so etwas durfte man nicht denken. Das war unreif, kindisch und geradezu blasphemisch. Er riss sich zusammen und beschloss, so zu tun, als stellte sich niemand zwischen ihn und das Kühlregal.

Gestern jedenfalls hatte sie der Zorn gepackt, als Ferdinand mal wieder so getan hatte, als sei sie unsichtbar – nein, nicht unsichtbar, das wäre zu eindeutig gewesen, da hätte man sich ja wehren können. Ein bisschen durchsichtig an den Rändern vielleicht, und schon fiel der Blick auf irgendwen anderen, der sofort und auf der Stelle die ungeteilte Aufmerksamkeit erforderte. Luise hatte sich abgewandt, tatsächlich auf dem Absatz kehrtgemacht, den Stöckel in den Boden gedreht, sodass mit Sicherheit ein Loch zurückgeblieben war, und sich an einem Paar vorbeigedrückt – er: Typ pensionierter Beamter, der an seine hehren Studententage anknüpfen wollte und sich deshalb ehrenamtlich zur Verfügung stellte, sie: Begleitung, blond, dezent kariert und perlenverschnürt. In die andere Richtung, hatte sie gedacht, immer in die andere, und, ja, dort drüben stand tatsächlich Emil und hielt sich mit einem wenig relevant scheinenden Gespräch so grade über Wasser; Luise stellte sich dazu, hob ihr Glas, sagte: Jetzt haben wir noch gar nicht angestoßen, Emil, was für ein gelungener Abend. Wünsche alles Gute, ein Wangenknochen, der an seinen stieß, der kleine Mann, der neben Emil stand, verstummte; egal, niemand von Relevanz, soweit sie sehen konnte, jedenfalls keiner von Emils Ressortchefs. Luise war sicher, dass ihre Kontaktpflege an Ferdinand nicht unbemerkt vorübergegangen sein konnte; Emil hatte ihr erst letztens ein prominent platziertes Interview verschafft, ohne dass sie lange drum hätte bitten müssen. Aber bei Emil wusste man nie. Mal war er interessiert, mal stellte er sich taub. Luise versuchte zwar, ein Gefühl dafür zu entwickeln, aber leicht war das nicht, aus dem Sud seiner stets auf Bereitschaft köchelnden Aufmerksamkeit zu lesen. Kurz gesagt, er konnte ein echtes Arschloch sein. Ein schmalziges Arschloch. (Ließ einen hängen und küsste einem dabei die Hand.) Wie kam sie jetzt auf Schmalz?

Es war Luise dennoch nicht schwer gefallen, Emil anzulächeln, konnte sie doch auf einen noch frischen Traum zurückgreifen, sah noch das Traumgesicht vor sich, das sich Zugang zu ihrem Mund erzwang, während sein Traumkörper frontal vor ihr stand und sie dabei penetrierte, wie das gehen sollte, wusste sie nicht, doch sie spürte ihn in sich und war davon überzeugt, dass er ebenfalls von dem Traum wissen musste, dass es nunmehr eine tiefwurzelnde Verbindung gäbe zwischen ihnen, selbst wenn sie Emil im Grunde nicht ausstehen konnte, und sie beide im Wachzustand so taten, als wüssten sie von nichts. Luise nahm sogar einen Geruch wahr, von dem sie meinte, ihn zu kennen.

Dein Blut ist dickflüssig, dachte Luise. Das sieht man. Das dauert, wie das dauert, bis sich das vom Herzen in die Fingerspitzen vorgearbeitet hat. In der Zwischenzeit werden die Hände kalt. Zappeln noch ein wenig, aber nicht lange. Sie ergriff die Linke nicht, die er ihr beiläufig hinstreckte, sie lächelte und sagte etwas Belangloses, dessen Inhalt sich ihr entzog, noch bevor die Lippen sich geschlossen hatten. Emil ließ die Hand sinken, und sein Lächeln wurde ein wenig frostiger. Bild dir nur ja nichts ein, dachte Luise; ein gelungener Abend, sagte sie noch einmal und drehte sich um, als jemand sie anstieß. Jetzt hieß es, nur nicht die Gelegenheit für einen eleganten Abgang übersehen. Dort hinten stand Ferdinand, und da er eben den Blick senkte, schloss sie daraus, dass er ihr Gespräch mit Emil verfolgt hatte; das wiederum war ebenfalls eine Chance, die man nutzen sollte. Man muss den Ball über die Bande spielen. Viel effizienter. Sie wandte sich noch einmal Emil zu, näherte sich seinem Ohr (er war nicht groß, und sie musste sich fast, aber eben nur fast schon hinunterbeugen) und flüsterte: Obwohl ich mich frage, ob das Bild nicht ein wenig zu eindeutig war, du weißt schon … Luise lächelte, während seine Linke nun ihren Oberarm umfasste, ganz so, als wolle er ihr bei ihrer Bemühung hilfreich beistehen, sein Ohr zu erreichen.

Sie sei so kühl, hatte Franz gesagt, so unberührbar, und das habe ihm an ihr gefallen. Sie wusste, wie sie wirkte, und es war gut so. Immer seltener sah sie sich in der Lage, sich ungeschützt fühlen zu müssen, mit frei zugänglichen Weichteilen, in die man nur hineintreten musste, wenn einem danach war. Wer zuerst Gefühle zeigt, hat schon verloren. So sind die Regeln. Und immer Ferdinands Namen vor sich hinflüsternd war sie zum Buffet gegangen; sie musste wirklich aufpassen, dass man nicht eines Tages anfing, das von ihren Lippen abzulesen; und passte sie auf? Nichts dergleichen. Schon wieder war sie dabei zu formulieren: Fer-di-nand. Was für ein Name. Zornig sah Luise die Verkäuferin an, die nun ans Einpacken der senfbeschmierten Semmeln ging, und zwang sich, ihre Einkäufe zu begutachten: das Butterpäckchen hatte ein seltsames Design, sie holte es heraus und stellte fest, dass sie nach Butterschmalz gegriffen hatte statt nach Butter.

16:44

Doris zog die Stiefel aus und lief in die Küche, wo sie die Lebensmittel auf Kühlschrank und Tiefkühlfach verteilte. Zum Glück lag die Wohnung über dem Supermarkt, das war ein Segen, so konnte sie das Auto am Supermarktparkplatz stehen lassen; sie musste ohnehin gleich wieder weg: zu spät dran wie immer.

Zum Einkaufen wählte Horst üblicherweise eine andere Tageszeit, die menschenleere Zeit kurz nach acht zum Beispiel, wenn die Schulen schon begonnen hatten. Er senkte den Blick, starrte an den Beinen vorbei, betrachtete die Fußbodenverkachelung und fragte sich, wie weit diese hochdruckreinigungskompatible Oberflächenversiegelung die Wand hinauf reichte. Am Gang des Krankenhauses war ihm aufgefallen (als sie ihn gerade aus Sieglindes Tür hinausgeschoben hatten und ihm wie einem leicht zurückgebliebenen Kind zuredeten), dass der Bodenbelag eine ritzenfreie wasserdichte Wanne bildete, die sich seitlich ein gutes Stück hinaufzog. Für ein Fußbad, hatte er gedacht, oder eine Kneippkur hätte es gereicht. Hier allerdings, knapp vor dem Kühlregal, war kein Stück freier Wand zu sehen, an dem er das Vorhandensein von Ritzen, Fugen und anderen hygienetechnischen Fehlerquellen hätte überprüfen können, neben der Fleischtheke vielleicht, dachte er und nahm sich vor, darauf zu achten, wenn er sich dort anstellen sollte. Falls. Im Moment jedenfalls keine Schulkinder, zum Glück. Nicht dass er prinzipiell was gegen Kinder gehabt hätte, das nicht; allzu oft hatte er sich schon Gedanken darüber gemacht, dass und warum er trotz übererfüllten Plansolls an eigenem Nachwuchs noch kein einziges Enkelkind hatte; dennoch: Schulkinder waren ihm unheimlich, wenn sie zu Mittag kamen, die Gänge verstopften, Knäuel bildeten, die sich überraschend schnell auch wieder auflösen konnten, meist gerade dann, wenn er versuchte, ihnen auszuweichen. Sie bewegten sich abrupt und für ihn unvorhersehbar, das störte ihn wohl am meisten; sie stießen ihm ihre Rucksäcke in die Rippen oder gegen die Ellbogen und bemerkten es nicht einmal, und selbst wenn, war von einer Entschuldigung keine Rede, folgte höchstens ein enervierter Blick, ungehalten über seine Schwerfälligkeit und, wie er meinte, darüber, dass er überhaupt vorhanden war und Platz beanspruchte.

Er mochte es nicht, wenn Menschen ihm zu nahe kamen, auch wenn es keine Kinder waren; er befürchtete, sie könnten etwas riechen, obwohl doch *morgenfrisch* auf der Packung stand. Kann man denn da gar nichts machen?, hatte er den Arzt gefragt, als der meinte, es handle sich ohnehin nur um einen ganz leichten Fall: was weiß ich, Kürbis, Ginseng? Dann hatte er sich neue Unterhosen zugelegt, die der Form der Einlagen besser entsprachen.

Anna K. konnte die strahlend warme Nahrungskugel in der Magengegend bereits spüren, die Halt und Ruhe geben würde, und glitt mühelos am Griff des Einkaufswagens in Richtung der Parmesanbestände, nachdem sie die Flaschen zurückgegeben hatte, die sie vor dem Verlassen des Hauses an den üblichen Orten eingesammelt hatte; denn was war ein Risotto ohne Parmesan, der durchmischt mit Kochsud und eventuell ein bisschen Schlagobers die Reiskörner zu einem homogenen Ganzen band und dessen Fäden beharrlich und liebevoll an jedem zum Mund geführten Bissen hingen; nur zu verständlich. Sie nahm die Kurve mit Elan, mit etwas zu viel Elan, wie sich herausstellte, sie hätte fast die Fersen eines Mannes angefahren, der in den Tiefen der Milchabteilung wühlte, er drehte sich um (also musste er etwas gespürt haben), sah sie an, sie sagte: Verzeihung, er griff nach seinem Hut, lüftete ihn leicht, dann stellte er leise und bedächtig fest: Man muss aufs Datum achten. Je weiter hinten, desto frischer. Dann schenkte er ihr ein vielleicht ein wenig versonnenes Lächeln, bevor er das Paket in seinen Wagen stellte. Er wollte gerade losfahren, da lief diesem so höflichen Menschen eine Frau vor die Füße, zwang ihn zu einer Bremsung, grinste kurz und falsch, stellte irgendwas ins Kühlregal zurück, griff nach etwas anderem und rauschte davon.

Also wirklich, sagte Anna, als der Hutträger sich umdrehte, und wieder lächelte er fein, wie ihr schien, und gar nicht empört, wozu er ihrer Ansicht nach nun wirklich alles Recht der Welt gehabt hätte.

16:45

Ein nettes, sauberes Gesicht, dachte Horst, an einer netten, sauberen Frau, gar nicht kompliziert, ein bisschen einfach gestrickt vielleicht, einfältig, so altmodisch wie das Wort, und hatte man nicht einmal von so was wie edler Einfalt gesprochen? Auch ein wenig übertrieben, überhöht, dachte Horst, aber nett und emphatisch, so konnte man es wohl bezeichnen, das sicher. Wahrscheinlich kocht sie gut. Eine Frau, zu der man bestimmt gerne nach Hause kam, denn auch wenn sich mit der Zeit vieles abnützt, das Freundliche, Warme, Stimmungsvolle, das bleibt am ehesten. Bei Sieglinde hatte er manchmal das Gefühl, sie habe nur auf seine Pensionierung gewartet, um krank zu werden, auch wenn er wusste, dass der Gedanke unangebracht und unfair war, dass niemand sich seinen Krebs aussucht, wenn es denn, nein, nicht schon wieder dieses Thema, also: auch wenn er wusste, dass es durch nichts zu rechtfertigen war, wenn er so dachte, konnte er es doch nicht ganz unterbinden. Manchmal kam es ihm so vor, als habe sie einfach beschlossen, krank zu sein, (wie kannst du nur!, unterbrach er sich, doch hielt er sich nicht lange auf: wenigstens zu Ende denken würde er den Gedanken einmal dürfen), so als sei sie der Meinung gewesen, jetzt sei es an der Zeit, den Spieß umzudrehen und überhaupt an ihm, sich um sie zu kümmern. Da war ihr die Krankheit gerade recht gekommen. Die Lungenentzündung, die sie bekommen hatte, nur zum Beispiel, gerade, als sie die Kreuzfahrt antreten wollten, die er sich und ihr zum Pensionseinstand hatte gönnen wollen, die hatte sie wochenlang hingeworfen, und danach war sie nicht mehr so richtig auf die Beine gekommen; nun, zumindest in einem übertragenen Sinn, zumindest war sie deutlich geschwächt gewesen.

Nicht dass Zeit ein Problem gewesen wäre, wenn er damit tun hätte können, was er wollte. Er hätte schon was gefunden, da kannte er hunderte, tausende Möglichkeiten. Aber Zeit in Form dieses endlosen Wartens auf das Vergehen eines Arbeitstages war das Schlimmste überhaupt, schlimmer noch als das Erledigen irgendeiner blödsinnigen Arbeit, die die Frau Marktleiterin ihm auftrug, oder auch eine von den anderen, wenn man's genau nahm. Die bildeten sich doch alle ein, sie könnten machen mit ihm, was sie wollten. Wobei er sich schon fragte, was er hier eigentlich trieb, manches tat er ja sogar nicht ungern, und ausgerechnet das nahmen sie ihm dann wieder weg, wie das Kassettenwechseln beispielsweise, völlig veraltete Technologie zwar, aber nicht unpraktisch für bestimmte Zwecke. Und ausgerechnet das Kasettenwechseln wollte ihn die Marktleiterin nicht mehr machen lassen, dabei war das gar nicht seine Schuld gewesen, dass das blöde Band nicht auf Anfang zurückgespult worden war, es wechselten auch andere die Bänder, und er hatte es ja nur vom rechten Stapel genommen und eingelegt, nachdem er die Kassette, die drin gewesen war, gestoppt und vorschriftsgemäß bis zum Anschlag zurücklaufen hatte lassen, ein paar schöne Augenblicke, in denen sich automatisch der Satellitenempfänger durchschaltete und ihm die Möglichkeit bot, ein wenig Zeit zu schinden und sich eine nette kleine Pause zu gönnen. Dabei brauchte man sich bloß nicht allzu sehr zu beeilen, das Ende des Rücklaufs ein wenig zu überhören, und dann, wenn man das Gefühl hatte, jetzt ginge es wirklich nicht mehr länger, legte man die schlussendlich entnommene Kassette ganz sorgfältig in die Hülle mit der richtigen Nummer (die Richtigkeit der Nummer konnte man ausgiebig überprüfen) und verfrachtete sie auf den linken Stapel, und schon kriegte man was mit von der Serie, die gerade lief, und hatte was, worüber man nachdenken konnte, wenn man die Kammer wieder verließ.

Es war nicht so, dass Luise den Blick nicht gesehen hätte, den die beiden sich zuwarfen; es war ihr egal. Macht dick das Blut. So macht man das hierzulande, so stellt man *rapport* her: sich immer schön unter der Hand verständigen, nur nie den Mund aufmachen, man könnte sich was vergeben und wo kämen wir denn da hin, immer schön kuschen, aber vielsagende Blicke austauschen, die zeigen sollen, dass man erstens einer Meinung ist, und dass man zweitens alles besser machen würde als die solcherart mit den Blicken ausgesperrte Person. Wenn man es denn machen würde.

16:46

Sowas erschütterte Luise nicht. Und die Postings gaben ihr sowieso fast immer recht. Auch wenn alle immer beteuerten, dass sie auf diese online-Kummerkästen nichts gäben, lasen sie sie doch, und es war ein offenes Geheimnis, dass sich dort die Volkesseele Bahn brach. Und auf den Ausläufern dieser

Gärungszustände verstand es Luise, souverän zu reiten. Da konnte man es locker aushalten, gelegentlich über Vermutungen der Art zu stolpern, Luise habe wohl auch ihr primäres Geschlechtsorgan mit einem angesagten Schamhaarhitlerbärtchen dekoriert. Sowas entlockte ihr höchstens ein mattes Lächeln. Ein durchaus nicht unzufriedenes, übrigens.

Doris kannte die Strecke, wenigstens den ersten Teil war sie schon oft gefahren, da er sich mit dem Weg zu einem der an der Peripherie nur so aus dem Boden wuchernden Einkaufszentren deckte. Ein Kreuzungsrückstau zwang sie zu einem Bremsmanöver, das die Getränkekiste im Kofferraum kippen ließ, sie konnte nur hoffen, dass keine der Flaschen aus dem Plastikträger gefallen war und jetzt auf jede noch so kleine Richtungsänderung mit eigenmächtigen Rollaktivitäten reagieren würde. Das kam davon, dass sie solche Kisten sonst nie kaufte, sie lebte allein, was brauchte man da schon an Getränken, und so hatte sie die Kiste munter und völlig gedankenlos auf die Ladefläche unter der einladend geöffneten Heckklappe gestellt, vermutlich, weil man das in der Werbung immer so sah, stellte Doris verbittert fest, bevor fröhliche junge Leute eine Ausfahrt mit anderen ebenso fröhlichen jungen Leuten oder eine gesellige Tischrunde in einer putzigen Wohnküche veranstalteten. Immerhin war es tatsächlich ein Zeichen von Freundschaft, nein, das war zu viel gesagt, jedenfalls davon, dass sie Leute um sich haben würde heute Abend. Aber was war schon Freundschaft, dachte sie, als sie anfuhr, was soll denn das überhaupt heißen, zum Beispiel Luise, dachte sie: ich sage nur: Luise. Was hatte sie nicht alles … aber gut, das war ein anderes Thema. Luise war ein Fall für sich und außerdem zehn Jahre älter, gut zehn Jahre älter als

Doris, und es was von Anfang an klar gewesen, dass Luise die Spielregeln ihrer Wasauchimmer vorgeben würde, zäh und routiniert, wie sie war, und nie an ihrer Wirkung zweifelnd, relativ klein und von einer Zielstrebigkeit, die das Gesicht verhärtet hatte, was sie durch sanftes Make-up und die weiche Form ihrer halblangen Haare offenbar zu mildern versuchte. Heutzutage erledigten Stylistinnen und Fotografen diese Arbeit für sie, und nicht mal schlecht, musste man sagen. Jedenfalls: seit Luises plötzlichem Ausscheiden aus der Firma kein Anruf, kein Wort, keine Zeile, nichts. Soviel dazu. Nach ein, zwei Monaten hatte Doris noch ein, zwei halbherzige Nachrichten auf Band hinterlassen, ohne jede Reaktion. Wer zuerst die Nerven verliert, hat schon verloren. Diese Weisheit hatte sie wahrscheinlich auch von Luise. Und die Geschichte mit dem nächtlichen Anruf und sie, Doris, blöd wie ein dressierter Hund, war sofort angesprungen gekommen, das musste ungefähr ein Jahr davor gewesen sein, ein Jahr vor der Hochzeit? Doris bremste neuerlich, diesmal geschmeidiger: die Flaschen rückten vor und klirrten leise.

Zuerst war sie sich gar nicht sicher gewesen, wer da anrief, so ungewohnt hatte die Stimme geklungen, so – was eigentlich? – hilfsbedürftig vielleicht, und dann hatte Luise etwas von Bett gesagt, und Pistole, ich komme nicht heran an ihn, ich weiß nicht, was ich tun soll. Und Doris war sofort losgefahren, beunruhigt, sicher, andererseits auch wieder nicht, andererseits nämlich, wenn sie ehrlich war, freudig erregt, während die Heizung auf höchsten Touren lief, dass sie in eine solche Nähe zu Luise kommen würde, dass Luise sie, Doris auf eine solche Weise in ihr Leben einließ. Der Wagen hatte sich nicht erwärmt, bis sie das Haus erreicht hatte; nicht einmal an der Klingel hatte sie Angst bekommen. Dann war sie stundenlang an der Kante des Bettes gesessen, dessen Kopfteil gigantisch und durchaus einschüchternd war, während die gekrümmte Gestalt von Luises Verlobtem seltsame Laute von sich gab, die Waffe in Griffweite unter der kleinen Nachttischlampe, deren gewellter Schirmstoff an industrielle Blechverkleidungen erinnert hätte, wäre da nicht die herzförmige Musterung gewesen, die Doris an Küchen denken ließ, Küchenschürzen, Küchenvorhänge in Schrebergartenhäuschen vielleicht, sie konnte sich nicht entscheiden, obwohl sie lange genug Gelegenheit dazu gehabt hatte, den Schirm anzustarren, während er, wie immer er geheißen hatte, in immer schnelleren Zirkelschlüssen den Grund seiner Verzweiflung umrundete. Und auch an den konnte sie sich nicht mehr erinnern. Doris hatte sich nicht in Gefahr gefühlt, keinen Augenblick lang – und er hatte ihr viele tiefe lange Blicke geschenkt – hatte sie gefürchtet, er könnte die Waffe auf sie richten. Sie hatte ihn einfach nicht ernst genommen; ihr Mitleid war rasch in Ärger umgeschlagen, und sie hatte sich zurückhalten müssen, um nicht zu sagen: Tu's doch und lass uns endlich in Frieden schlafen gehen.

Stattdessen hatte sie sich erhoben, die Hand irgendwo auf seinen Körper gelegt, es musste ein Oberarm gewesen sein, geredet und die Waffe einfach an sich gebracht, sie war erstaunt gewesen, wie glatt das ging. Er hatte keinerlei Reaktion gezeigt. Doris hatte das Ding der am Türrahmen stehenden Luise ausgehändigt und war erschöpft nach Hause gefahren. Am nächsten Tag hatte Doris Luise zum Rauchen begleitet, vor dem Bürogebäude, in der grässlichen Kälte, aber sie hatten nicht geredet, ein Kollege, vermutlich Manfred, der rauchte doch?, war nicht abzuschütteln gewesen; auch später hatte sich keine Gelegenheit mehr gefunden, so kam es ihr zumindest vor. Den fraglichen Verlobten jedenfalls hatte Luise in Windeseile abserviert; ein paar Monate später hatte sie Doris bei Gelegenheit Franz vorgestellt, ihren Neuen, als sie sich nämlich in der Theatergarderobe begegnet waren, und bald nach dem Urlaub hatte Luise dann gekündigt. Und zu ihrer ominösen Hochzeit mit Franz hatte Luise Doris nicht einmal eingeladen.

Da vorne die Radarfalle, die sie schon einmal übersehen hatte, Doris bremste und kontrollierte die Anzeige.

16:47

Mir, sagte Sebastian, und stellte eine weitere Packung auf das Kassenförderband, während Horst mit Bedauern an seine Flächenwidmungspläne dachte, deren vertraute Struktur ihm abging. Ob die hier Hühner brieten? Er spürte seinen Magen. Die Idee einer eingeteilten, zivilisierten und handhabbaren Welt, die sich in Grundbüchern, Katastralmappen und Widmungsvorschriften verkörperte, gefiel ihm, auch wenn er sie für flüchtig hielt, und er beeilte sich, den Fleischstand oder vielmehr die Ansammlung davor zu passieren.

Und diese Annahme einer irgendwie zivilisierten Welt, in der die Körper entsprechend dem Willen ihrer Insassen eingesetzt werden und geschützt sind durch Kleidung, Haltung und Sicherheitsabstände, verdampfte ohne Umstände, sobald man objektiv die Seiten wechselte, zum Körper wurde, an dem gearbeitet werden konnte, und dessen Willen, inzwischen ruhig auf Eis gelegt, keine Rolle mehr spielte. Der Operateur tat bestimmt sein Bestes, auch wenn er bereits seit sieben Uhr früh in der Uniklinik tätig war, denn die hierzulande üblichen Bestrebungen (vermutlich auf agrartechnischen Traditionen begründet?), die Arbeit so früh wie möglich zu beginnen, das heißt, in etwa um die Zeit des, was eigentlich, Sonnenaufgangs zur Tagundnachtgleiche?, ja, klingt nach einer brauchbaren Definition, dachte Horst, und das bedeutet konsequenterweise ein halbes Jahr lang noch weit vor Sonnenaufgang, und dazu wäre zu bemerken, dass die Feldarbeit im Winter ruht, aber trotzdem, was ein gesellschaftlich wertvoller und nützlicher Mensch sein will, beginnt noch vor dem ersten Hahnenschrei mit etwas, das nach Erwerbstätigkeit aussieht (Horst spürte, dass er sich in eine Wut hineinsteigerte, die dem Anlass nicht entsprach, aber das war ihm gleich, endlich einmal war ihm das gleich, es sah ja keiner, und vor sich selbst musste er kein Theater mehr spielen), dieses Modell hatte jedenfalls im Klinikalltag einen seiner Höhepunkte erreicht, Arbeitsbeginn um sieben, Mittagessen um elf, Schichtwechsel um 15 Uhr, was, das musste man zugeben, lukrativen Nebenerwerbstätigkeiten am Nachmittag durchaus zuträglich war; und so führte der Operateur wohl schon den ersten Schnitt, teilte das Fettgewebe, das Fettgewebe, das der Angehörige Horst sich wie das eines Wals vorstellte, unvorstellbar, dass es Leute geben sollte, die so was aßen, und was geschah eigentlich mit all dem abgesaugten Menschenfett? Zum Salbenmachen, wie früher das Fett der Hingerichteten, so eine Salbe auf Menschenfettbasis soll ja durch die Haut gehen wie nichts, wurde es wohl nicht mehr verwendet, also verrottete es auf einer Deponie und wurde von Ratten, Insekten und Vögeln gefressen, oder verbrannte man das? Der Geruch müsste an den Dunst eines Frühsommerabends über einer Wohnsiedlung im Grüngürtel erinnern, dachte Horst und stellte sich ein Messer vor, das sich glänzend in den Körper senkte, was nicht den Tatsachen entsprach:

Tatsächlich lag Sieglinde noch ungeöffnet auf dem Tisch und wurde rund um die Eingriffstelle mit Wärmedecken und grünen Tüchern abgedeckt, die ihr das Aussehen einer prähistorischen fettsteißigen Muttergottheit verliehen. Vor ihrem Kopf hing ein rechteckiges Tuch, grün wie ein Spielfeld, das ihr die Sicht auf ihren Bauch verwehren würde, denn noch war sie bei Bewusstsein; auch wenn der Kreuzstich den Rumpf bereits gelähmt hatte, griff das mildere Betäubungsmittel, das sie hinüberdämmern lassen sollte, erst allmählich. Außerdem – und im Grunde wusste Horst das, man hatte ihnen beiden schließlich eine detaillierte Einführung in das Geschehen gegeben, wohl um sie in einem falschen Gefühl der Kontrolle zu wiegen, wie er vermutete – würden keine Messer zum Öffnen der Bauchdecke eingesetzt werden, sondern eine elektrisch erhitzte Nadel, die die Blutgefäße praktischerweise schon beim Schnitt verödet, das Fett schon unter der stromführenden Spitze, mit der der Schnitt geführt wird, verbrutzelt und in winzigen lauwarmen Tröpfchen über den Luftraum des OP verteilt, denn die Flächen sollen sauber bleiben, das Blut im Körper, und so entsteht tatsächlich schon beim Eingriff ein Grillgeruch, nicht erst bei der Entsorgung des menschlichen Materialverschnitts. Ach ja, das Geschenkpapier, dachte Horst. Passen Sie auf, ermahnte die Kassiererin Sebastians Mutter, er kippt Ihnen gleich aus dem Wagen.

16:48

Ob sie die Probe schon? Ob die Operation bereits so weit fortgeschritten war, dass sich Genaueres sagen ließ, ob der Operateur sich schon unter ungesunder Krümmung seines Rückens beugte, die Schaufeln angesetzt, die das Gewebe auseinanderhielten, und Schicht für Schicht aus dem Weg räumte, das mutwillig angeschwollene Organ freilegte und entnahm, um es fein säuberlich abgepackt auf die Pathologie zu verschicken? Hör auf. Geschenkpapier. An die Zukunft denken. Zukunft, ausgerechnet; Horst lachte, wo er sich doch das gemeinsame Alter, was für ein Wort, ganz anders vorgestellt hatte, also: den gemeinsamen Ruhestand, nein, das war noch viel schrecklicher, die Pension anders vorgestellt, nennen wir es einfach Pension, dachte er, und ihn selbst: Pensionär, das war noch ein netter Ausdruck gewesen, und dennoch fühlte er sich merkwürdig sicher, wenn er so seiner Wege ging, die früher Sieglindes Wege gewesen waren, die Post holte, sortierte, notwendige Schritte setzte: Einzahlungen, Antwortschreiben oder telefonische Nachfragen – wobei er letztere, soweit wie möglich vermied, er erledigte Angelegenheiten lieber schriftlich, da konnte man die Worte durchkauen und auf ihren Geschmack prüfen, da konnte man Briefe ein wenig abliegen lassen; das tat immer gut, die Sache zu überschlafen und dann noch einmal gründlich zu kontrollieren, bevor man sie abschickte und losließ wie einen gasgefüllten Luftballon, auf einen Weg, den man ab diesem Zeitpunkt nicht mehr beeinflussen konnte. Ebensowenig wie das Ergebnis der Gewebsprobenanalyse, die wohl erst übermorgen stattfinden würde, die abzuarbeitende Liste an Auszügen aus menschlichen Körpern war lange, die auf Probenträger aufgebracht, mit Kontrastfarben behandelt und unter dem Mikroskop auf eigenmächtig wuchernde Zellen hin untersucht werden mussten.

Das hatte er schließlich jahrelang getan, im Amt, Schriftstücke verfasst und abgeschickt, das war sein Metier gewesen, das schriftliche Beantworten von Anfragen; aber auch das Einkaufen und die Sorge für den Haushalt belasteten ihn weniger, als er das früher vermutet hätte. Natürlich hatten sie seit langem die Bedienerin, das schon, das war schon eine Hilfe, schlimm nur, dass sie angekündigt hatte, sich ebenfalls in den Ruhestand zurückziehen zu wollen, und das hieß, dass er eine neue suchen würde müssen, und zwar bald, und er hatte keine Ahnung, wie er so etwas angehen sollte. Putzfrauen, oder Bedienerinnen, wie die Damen sagten, wurden von einer zur anderen weitervermittelt, und er wusste beim besten Willen nicht, welche von Sieglindes Freundinnen – und vor allem: wie – er danach fragen könnte; so wartete er darauf, dass Sieglinde wieder so weit sein würde, das selbst in Angriff zu nehmen, und hoffte, dass ihre Putzfrau bis dahin bei Laune zu halten sein würde. Er bemühte sich wirklich um sie, kochte ihr sogar den Vormittagskaffee, denn der, das hatte Sieglinde ihm beinah als erstes erklärt, der war ihr wichtig, den verstand sie als Zeichen von Anerkennung und Respekt, auf das sie allerhöchsten Wert legte, dabei war sie, die Bedienerin, ihrerseits, wie er fand, durchaus nicht immer respektvoll, mischte sich ein, wenn er etwas ihrer Meinung nach falsch einräumte, und tadelte ihn, wenn er Kaffeesatz in den Ausguss schüttete. Die Kinder hatten sich angesagt.

Nein, es war nicht seine Schuld gewesen, dass dieses Band, das Tobias nur laut Vorschrift von rechts genommen und eingelegt hatte, nicht ganz zurückgespult gewesen war und damit nach einer guten Stunde aufgehört hatte zu laufen, und dass deswegen zwei Stunden in der ansonsten lückenlosen Aufzeichnungsgeschichte der Überwachungskameras gefehlt hatten, bevor endlich irgendwer bemerkt hatte, dass da was nicht stimmte; was soll's, dachte Tobias, schließlich, wenn die zwanzig Bänder fertig waren, wurden sie eh wieder überspielt. Und außerdem ging ab und zu auch was kaputt. Er war jedenfalls nicht der Einzige, dem Fehler passierten. Falsche Bonnierungen, zum Beispiel, alles schon vorgekommen. Von den dauernden Klogängen bestimmter Kolleginnen ganz zu schweigen. Die Marktleiterin hatte völlig überreagiert, wenn man ihn fragte, hatte ihn gerufen und gesagt, sie wisse genau, was er da drinnen mache, und er sei wohl zu allem zu blöd, und eine Schande sei das, und das könne er sich in Zukunft abschminken, dass er sich da Zusatzauszeiten rausschlage, und ab jetzt werde sie das Kassettenwechseln einer verlässlicheren Person übertragen. Dabei trödelten doch alle dabei herum, wenn man ihn fragte.

Und die Klogänge hatten auch Konsequenzen gehabt, stellte Tobias nicht unzufrieden fest. Da waren am Ende Schlüsse gezogen und die richtigen Schritte unternommen worden.

16:49

Morgans Mutter bemühte sich, die ältere Frau, bei der sie nun seit einigen Wochen putzte, davon zu überzeugen, dass sie auch beim nächsten Mal bar entlohnt werden wollte und nicht per Dienstleistungsscheck – einer unhandlichen Quittung, nach deren Vorlage bei der Sozialversicherungsanstalt sie wochenlang auf das Geld würde warten müssen und außerdem Gefahr lief, dass man ihr die Arbeitslosenunterstützung, so gering sie war, wieder strich, sobald sie die Zuverdienstgrenze überschritt, und wenn sie darauf auch noch achten musste, dann gute Nacht. Ihre Chancen standen gut, das spürte sie, denn zwar hielt Frau Weiler es für sicherer, ihre Putzfrau auf diese Weise legal zu beschäftigen, man weiß schließlich nie, was die Nachbarn so reden, hatte aber auf der anderen Seite auch Angst vor eventuell aus einem offiziellen Dienstverhältnis entstehenden Kalamitäten, und diese Angst brauchte Morgans Mutter nur ein wenig zu schüren, um ihr Ziel zu erreichen. Morgans Mutter hatte Oberwasser. Und diese Frau Weiler würde sie sich warm halten, an ihr hing ein Rattenschwanz von weiteren unterbeschäftigten und überanstrengten älteren Damen, die nur zu bereit waren, eine Einheimische als Putzfrau zu nehmen, man kriegt ja sonst nur Ausländerinnen, sagte Frau Weiler, und die tun ja doch nie, was man ihnen sagt.

In der Tat, die Flächenwidmungspläne fehlten Horst; jetzt konnte er sich höchstens noch damit amüsieren, Wohnblocks, Einkaufszentren und Industrieparks auszuspähen (wie eben zum Beispiel diesen hässlich prunkenden Komplex hier, seltsam, dachte er, wie schnell diese Postmoderne abgewirtschaftet hat), in deren Embryonalstadium er eingreifen hätte können, die er – hätte er nur gewollt – sogar beschneiden und verhindern hätte können, denn er kannte nach all den Jahren all die rechtlichen Finten und die Grauzonen, in die man die Antragssteller führen konnte, um sie dort sich selbst und ihrem weiteren Schicksal zu überlassen, zumindest die, bei denen nicht von vornherein klar war, über welche politische Hausmacht sie verfügten; doch tat er so etwas eigentlich nie, oder vielmehr, er korrigierte sich: so etwas hatte er nie getan. Er hatte bloß die Papiere unterschriftsreif vorbereitet und sie dann dem Amtsleiter vorgelegt, letztverantwortlich war schließlich der, ein Umstand, den Horst durchaus begrüßte, auch wenn er dann und wann Weisungen erhielt, mit denen er nicht konform ging: das war eben der Preis für ruhigen Schlaf, und wie Horst fand, kein zu hoher, nein, bei weitem nicht. Ein ruhiger Schlaf rechtfertigt ganz zweifellos das bisschen Runterschluckenmüssen. Horst hustete und stellte sich vor den Gebäckstand; kein leichtes Unterfangen, hier die Aufmerksamkeit einer der Verkäuferinnen zu erregen, die nebenan beim Fleisch voll ausgelastet zu sein schienen.

Anna sonnte sich noch ein wenig und ganz und gar vorsätzlich im Glanz des kurzen Erlebnisses, in dieser in einem Sekundenbruchteil entstandenen Gewissheit, den Blick eines Mannes, des Hutträgers, des Mannes mit dem Hut auf sich gezogen und einen Moment lang gehalten zu haben; so etwas war ihr schon seit Ewigkeiten, ja, so konnte man das nennen, nicht mehr passiert; verdammt hart, Moment, wie kam sie jetzt auf so eine Formulierung, sie merkte, wie ihr trotz ihrer sechzig Jahre das Blut in den Kopf stieg. Frauen wie sie wurden kaum mehr beachtet, waren durchsichtig, so kam ihr das vor, Erscheinungen, die kurz vor ihrem endgültigen Verblassen noch auf Bewährung unter die Leute geschickt worden waren, und nur eine gewisse Heftigkeit, ein Beharren auf ihren Ansprüchen konnte ihr noch das Gefühl geben, wahrgenommen zu werden.

Ganz was Spezielles, sagte die Stimme. Ein ganz spezielles und preisgekröntes Verfahren erlaubt es uns ... der Mann stand hinter einem halbrunden Verschlag, der wohl einen Blumentopf darstellen sollte oder ein Weinfass; Luise nickte kurz und ging vorbei. Ferdinand hielt sie mal wieder hin und rettete sich in joviale Anmerkungen (soll wer anderer sein Arschloch hinhalten, hatte er gesagt, als sie ihm eine Wortspende zur emotional immer ergiebigen Hundekotproblematik vorgeschlagen hatte), da war er Meister; auch wenn sie überein gekommen waren, dass die Sache einfach zu schmerzhaft für alle Beteiligten geworden wäre, hatte sie jetzt, wo Anatol schon fast ein Jahr alt war, nur mehr den Eindruck, dass er nach Vorwänden suchte, um ihr auszuweichen. Aber der würde sich noch wundern. Er hatte immerhin kein Problem damit gehabt, in ihrer Schwangerschaft mit ihr, wie sollte man das jetzt sagen: geschlechtlich zu verkehren?, und da war der Unfall noch gar nicht lange her gewesen, aber schließlich, hatte er gemeint, würde ihnen beiden das vielleicht helfen, den großen Verlust gemeinsam leichter zu ertragen; nur als der Bauch dann zu groß geworden war, zu unübersehbar, wie Luise manchmal vermutet hatte, da war ihm auf einmal aufgefallen, dass das jetzt vielleicht doch ein wenig pietätlos sein könnte.

Klar, bestätigte Morgans Mutter. Ich bügle auch. Warum sollte sie nicht? Über den Preis werden wir uns schon einigen, sagte sie, und hätte sich sofort in den Hintern beißen können. Was sagte sie so etwas. Vorschnell, dachte Morgans Mutter.

16:50

Du hast hier Hausverbot, sagte die Kassiererin, das weißt du ganz genau. Anton starrte sie ungläubig an, doch sie blieb dabei: Ich darf dir nichts geben, so sind die Regeln. Sie musste ihn verwechseln, und das musste er ihr so ruhig wie möglich klar machen. Er fixierte sie, lächelte sein freundlichstes Lächeln, das war nicht ich, sagte er, das muss ein Kollege gewesen sein (und überhaupt, brauchten sie sein Geld nicht ebenso dringend wie das der anderen, und er kaufte nicht einmal Alkohol, er war trocken, sah sie das nicht, kein Trinker mehr, nie mehr, er hasste es, etwas zu brauchen), das war wer anderer, Sie verwechseln mich; der falsche Zugang, er wusste es, er musste ihr charmant kommen, er lächelte noch mehr, hob sein Kinn mit dem netten Grübchen, das hatte bei Frauen doch so eine Wirkung, nah gehn'S, sagte er, wir kennen uns doch, ich kauf doch immer bei Ihnen ein, nix da, sagte sie (jetzt war ihm klar: sie war neu) und stellte die Sachen, die er aufs Förderband gelegt hatte, zur Seite, wir sprechen uns noch, sagte er, ja, sagte sie, tun wir das. Stell dir vor, sagte Anton, und seine Stimme zitterte leicht, er spürte es, und das machte ihn noch wütender: Ich komme wieder.

Natürlich dachte sie an Franz. Ein Glas vielleicht?, fragte die Stimme hinter ihr jemand anderen; weggegangen, Platz vergangen, dachte Luise, so ist das, was denkst denn du? Hatte sie nicht vorher den Platz an der Fleischtheke völlig kampflos aufgegeben, und alles nur wegen ein bisschen Butterschmalz, wie blöd, egal. Easy come, easy go. Weggegangen, Platz vergangen. Den ganzen Tag so konzentriert, konzentriert und zerfleddert, denn der Fokus dieser Konzentration wanderte ständig, kam nie zur Ruhe und hinterließ Ablagerungen, ein Gespinst aus halb abgehakten und ganz angedachten Anknüpfungspunkten (was hatte sie gerade gedacht?, dass sie es nach der Hochzeit tatsächlich geschafft hatte, sich von Ferdinand fernzuhalten? dass sie nach einem Glas durchaus noch Auto fahren konnte? dass sie nicht so streng mit sich sein musste, dass sie immer auf der sicheren Seite war, nicht so wie andere, wie Ferdinand zum Beispiel, aber der sagte immer, er wisse schon, was er tue), sodass es ihr um diese Tageszeit so vorkam, als schleppte sie eine Schicht Stahlwolle mit sich herum, die jede Bewegung erschwerte und ihr Bildfeld eintrübte. Und innen machte sich endlich das Unbehagen breit, das sie bis hierher klein gehalten hatte – nicht einmal mühsam, einfach ganz selbstverständlich unter all den minutenfüllenden Aufgaben vergraben.

Anna sah den Hut hinter einem Gewirr von unsteten Köpfen und beschloss, dass es an der Zeit wäre, kehrtzumachen und von der Kasse her den Gang mit dem mediterranen Kochzubehör abzufahren, denn sie erinnerte sich dunkel, dass da auch Trockenpilze zu finden sein müssten, und außerdem bestand eine gewisse Chance, dass sie etwa auf der Höhe des Olivenöls den Weg des Hutträgers kreuzte. Sofern er, ja, sofern er diesen Weg einschlug, tatsächlich durch diese hohle Gasse kam.

Natürlich dachte Luise an Franz, vorhin zum Beispiel, beim Butterschmalz, hatte sie an ihn gedacht, an ihn, und an die kleine Leichtigkeit, die es gewesen war, ihn in ihr Leben hineinzubringen, aber eben auch wieder hinaus, easy go, leichter Tod?, was weiß man schon vom Tod so ganz ohne Erfahrung;

an seinen knorrigen, schmalen Körper – manchmal, und das kam ihr reichlich absurd vor, erinnerte sie sich nicht mehr an sein Gesicht. Dann musste sie sich seine Züge mühsam rekonstruieren (Anatol war da nur eine bedingte Hilfe), sich von Merkmal zu Merkmal weitertasten, von dem sie sicher wusste, dass es ausschlaggebend gewesen war, von den Augenbrauen, in denen schon ein paar von diesen drahtigen Altmännnerhaaren wucherten, über die lange, gebogene Nase bis zu dem eher dünnlippigen Mund. Das heißt, die Oberlippe war dünn gewesen, die Unterlippe ganz durchschnittlich eigentlich; dann dachte sie an die Mühe, die sie sich mit der Gestaltung der Wohnung gemacht hatte und wie ihr dieses Unterfangen schließlich gelungen war. Wenn sie Anatol nicht gehabt hätte, der anfing, die Dinge in Besitz zu nehmen, anzugreifen, was er erreichen konnte, rauszuziehen und runterzureißen, dann hätte sie die Wohnung wohl schon aufgegeben. Dann hätte all das Zubehör zu einem Leben, das bereits abgeschlossen war, sie in die Flucht geschlagen. Anatol löste die Dinge aus und machte sie benutzbar, nicht ohne sie dabei teilweise merklich zu beschädigen.

Franz ging ihr ab, da musste man sich gar nichts vormachen. Im Grunde war er ein netter Kerl gewesen, wenn auch ein wenig, ja, was eigentlich, unbedarft? Nein, das war zu hart: sorglos, aber verlässlich und freundlich, solange man ihn in Ruhe ließ – denn an fruchtlosen Diskussionen über hunderterlei Kleinigkeiten war schon seine erste Ehe gescheitert, diese Drohung war recht unmissverständlich im Raum gestanden –, und jedenfalls immer bemüht, ihr eine kleine außertourliche Freude zu gönnen. Er hatte sie irgendwann untertags angerufen, während sie vielleicht mit einem Haufen Papiere in der Hand, den sie neben seinem Bett aufgesammelt hatte, warum konnten Männer bloß nicht ordentlich sein, die Wand in der Küche betrachtet hatte, zufrieden über die Entscheidung für diesen bestimmten Farbton und die Wahl des Innenarchitekten, du, stell dir vor, hatte er zum Beispiel gesagt, die Büromöbel sind heute gekommen, wunderbar, hatte Luise gesagt, und weiter möglicherweise: Ich bin gleich mit deinen Unterlagen fertig. Das muss gefeiert werden, hatte Franz entgegnet, mit an Sicherheit grenzender Wahrscheinlichkeit.

Die Unterlagen, seine Unterlagen, die sie auf seinen Wunsch durchging, hatte er neben dem Bett abgelegt, und sie hatte vor, die Frage zu klären, wie das jetzt mit den Besitzverhältnissen aussähe und ob es nicht besser wäre (wie Franz gemeint hatte), wenn sie die Firma mit übernähme, sie war schließlich die Betriebswirtin in der Familie. Aber nein, nein, hatte sie gesagt, das würde sie sicher nicht tun, und hatte auf das hingewiesen, was sie schon mehrfach und von Anfang an betont hatte: das hieße letztlich, dass sie mit ihrem Gesamtvermögen haftete, siehst du das nicht ein, hatte sie gesagt, da bleibt mir gar nichts mehr, wenn etwas mit der Firma ist. Er sagte nur, hast recht, so bleibt nur mir nichts. Unsinn, hatte sie erwidert, die Wohnung gehört uns doch allen beiden, was denkst denn du. Nun, genau betrachtet, wäre es natürlich vernünftig, sie im Fall des Falles gänzlich dem nichthaftenden Teil – also ihr – zu überschreiben. Aber das könnte man immer noch machen, hatte sie ihn beruhigt, wenn es einmal wirklich kritisch werden sollte. Und wenn er sich wohler fühle, könnten sie gerne eine Erklärung aufsetzen, in der drinstünde, wie viel er eingebracht habe und wie viel … Du musst immer gleich das Schlimmste annehmen, hatte er gesagt, traurig geschaut, wie nur er das hingekriegt hatte, woran das nur lag, an den buschigen Brauen, die den Blick schwer scheinen ließen, müde vielleicht, eine Müdigkeit, die leicht ins Traurige spielte, doch es ging nicht nur um die Augenbrauen, es war dieser kleine, erschöpfte Vorwurf in der Stimme: Hast du denn kein Vertrauen zu mir?

Aber ja, doch, hatte sie erwidert, sich um einen verbindlichen Ton bemüht: Die Absicherung gegen alle Eventualitäten ist vermutlich nichts als eine Berufskrankheit.

16:51

Der erste Tag meines neuen Lebens, dachte Oswald, als sich die Schiebetür vor ihm teilte, überraschend, diese Weite nach der Enge des Ganges, der vom Parkplatz zum Seiteneingang des Supermarkts führte, neues Leben, das musste er seiner Therapeutin erzählen, was für eine Formulierung, wie das klingt, frisch wie die Luft nach einem Sommergewitter, und die Sonne kommt heraus und der Boden dampft ab und die Farben leuchten kräftiger als je zuvor, so ist das, und das mitten im Jänner; nicht ohne Selbstironie, fügte er hinzu und lächelte fein. Erst jetzt bemerkte er den Geruch von etwas frisch Gebratenem, der ihn freundlich umfing.

Er hatte Glück gehabt, auf der ganzen Linie. Dass er von dem albanischen Kollegen, der jetzt endgültig seiner Familie nach Kanada gefolgt war, gleich die Wohnung übernehmen hatte können, nur zum Beispiel, ein Glückstreffer, zwar lief der

Vertrag in drei Monaten aus, aber immerhin. Hältst dir mal wieder alle Optionen offen, nur nicht festlegen, hatte Eva gesagt, falls was schief geht; was wusste Eva schon. War ja klar, dass sie die Sache nicht objektiv sehen konnte, in ihrer Lage, klar, dass sie verletzt war, alles andere wäre ein Wunder gewesen, nein, mehr noch: bedenklich, genau genommen; er konnte da großzügig sein. Was wusste sie schon von dem Mut, den es brauchte, auszuziehen und jede Sicherheit hinter sich zu lassen, jede der so mühsam angehäuften Sicherheiten, nicht zuletzt die finanzielle!, denn die Früchte eines sorgfältig zusammengestellten Portfolios wollten erst einmal geklaubt werden, aufgeklaubt und auseinandergeklaubt, da lag noch einiges an Arbeit vor ihm, und Oswald wollte sich nachher nicht anhören, er habe sie übers Ohr gehauen oder über den Tisch gezogen; nein, Eva sollte sich nicht beklagen können. Ganz abgesehen von der emotionalen Sicherheit; es war doch allemal bequemer, in einer wenn auch etwas eingeschlafenen, aber doch irgendwie noch funktionierenden Beziehung zu bleiben, als sich ganz allein auf den Weg in ein neues Leben zu machen, ha, hatte Eva gesagt, ganz allein, mir kommen gleich die Tränen. Hast dir doch gleich was neues frisches Junges geholt, damit du gar nicht auf die Idee kommsst, es mit dir selbst aushalten zu müssen, mit dir und deinen Minderwertigkeitskomplexen! Eine Krücke, oder eher eine Brechstange, mit der du gleich die letzten 15 Jahre und unsere Beziehung ausgehebelt hast, weil du meinst, dass dir noch mehr zusteht. Dass dir das Leben noch was schuldet, so ist das doch; natürlich, Frauen wussten immer alles ganz genau, zumindest solche wie Eva.

Mo überquerte die Kreuzung bei umschlagbereitem Gelb und zwang den Fahrer eines aufgetunten Kübels unklarer

Bauart, seinen Frühstart ein wenig aufzuschieben. Eigentlich hatte er ja vorgehabt. Aber er war einfach zu früh dran gewesen. So früh dran, dass es besser war, zu Fuß zu gehen, als auf den nächsten blöden Bus zu warten. Außerdem würde ihn der Anblick all dieser Hässlichkeiten vielleicht in Stimmung bringen. Und in Stimmung war er noch nicht. Genauso gut könnte er umkehren und sich ins Bett legen. Er fühlte sich gar nicht gut. Bestimmt hatte er Fieber. Dabei hatte er gedacht, das Mühsamste wären die Vorbereitungen. Wenn die einmal säßen, wäre der Rest ein, nun ja. Und er hatte sich gut vorbereitet. Professionell, konnte man sagen. Er hatte das Gelände genau begutachtet, die Höhen und Weiten abgeschätzt, ohne dabei aufzufallen (denn Plan A sah vor, dass er nicht auffiel), das war mit einem Einkaufswagen nicht weiter schwierig. Auch wenn es sonst nicht seine Art war, einen Einkaufswagen zu nehmen, immer diese Münzen, hatte er nie. Und dann: Mütze fixieren, den Titel anwählen, der für die Strecke eindeutig am besten war. Start in der rechten hinteren Ecke – dort, wo der Flaschenrücknahmetunnel die Sicht in die verbotenen Bereiche des Supermarkts ermöglichte; meist stand die Tür daneben allerdings ebenfalls offen, und wie oft hatte er sich schon gedacht, dass man die eben eingelegten Flaschen, oder auch andere, was das betraf, ohne Schwierigkeiten wieder holen können müsste und noch einmal einlegen und noch einmal, so lange, bis sich eine interessante Summe auf dem ausgespuckten Streifen ergäbe, das würde er mit Sicherheit auch noch probieren, jetzt weiter im Text: die Sonnenbrille einstecken, nicht vergessen, das wär doch schad drum, wenn mit der etwas wäre, die hatte er letztes Jahr gerade erst neu gekriegt. Ohrstöpsel rein und in die Ecke, da war ein bisschen Platz, da konnte man Schwung holen und

Anlauf nehmen, und natürlich nicht vergessen, das Handy auf Aufnahme zu stellen, um die Sache mitzufilmen, was der Speicher so packte. Und dann die Raumdurchquerung entlang der Diagonale, naja, zumindest ungefähr. Am Schluss natürlich die Kurve kratzen, auf leisen Sohlen, er hatte absolut zweckmäßige und griffige Sohlen, über den Kassentisch bis zum Ausgang, und bis die das mitkriegten, bis die mitbekamen, was da läuft, oder eher, wer da läuft, war er bereits draußen, wo Sid warten und das ultimative Ziellinienbild schießen würde.

16:52

Sid filmte viel. Seine letzte Idee war es gewesen, ein Handy in einem Mädchenklo zu verstecken, er behauptete, man könne die Kamera entweder über Bluetooth von einem Laptop aus ansteuern, das hätte bereits eine Reichweite, mit der sich was anfangen ließe, nur, wer hatte einen Laptop?, oder gleich übers Internet, er habe nämlich ein UMTS-fähiges Gerät (nur bräuchte man eine eigene Domain, müsste man natürlich schauen, dass man dafür jemand Vertrauenswürdigen fände, aber wenn die Bilder entsprächen, ließe sich da bestimmt was machen), und irgendein anderer (Harald?) hatte gesagt, viel Spaß, du Idiot, denk mal drüber nach, was das kostet, oder hast du irgendein Superflatratesparpaket? Und Sid hatte gesagt, ja, was glaubst du, und nenn mich nicht Idiot, du Weichei!, und versucht, dem anderen, nein, es war Dorian gewesen, den Arm auf den Rücken zu drehen, was aber an der Stärke Dorians gescheitert war, der Sid ohne viel Aufwand auf den Boden geworfen und sich auf seinen Oberkörper gesetzt hatte; so, hatte er gesagt, und wer macht sich jetzt in die Hose? Der kleine Simon?

Luise hatte also die Zettel eingesammelt, Männer, hatte sie gemurmelt, denn am Boden auf seiner Bettseite fand sie benutzte Socken zwischen den verschiedenen Unterabteilungen des Papierstapels. Von dem, hätte man sagen können, seine Zukunft abhing; dass Männer immer alles irgendwo verstreuen müssen, nicht einmal Geschäftspapiere können sie zusammenhalten. Als nächstes würde sie ein bisschen System in seine Sachen bringen. Sie hatte extra zu diesem Zweck Ordner gekauft, Zwischenblätter, Klarsichthüllen, sie freute sich schon auf das befriedigende Geräusch zuschnappender Ordnerspangen.

Sie hatte gerade einen Stapel Abrechnungen gelocht, als das Telefon läutete; satt und kraftvoll schnitten die scharfkantigen Metallzylinder durch das Papier (wie lange schon hatte sie an so was nicht mehr persönlich Hand angelegt, ein Verlust, musste sie sagen, entschieden ein Verlust). Und dann war sie drangegangen und hatte festgestellt, dass die Küchenwandfarbe bei längerer Betrachtung einen Grünstich entwickelte; sie war sich nicht darüber im Klaren, ob das nun eine Tatsache, eine reine optische Täuschung oder die Folge von zu niedrigem Blutdruck war; vielleicht sollte man doch ein Bild. Dem Vorschlag, den Franz machte, hatte sie (wie von allen Beteiligten, also von ihm und ihr erwartet) nur sehr halbherzig widersprochen. Das Bild, dachte Luise, bis heute hatte sie kein Bild in der Küche. Der Blutdruck war noch immer ein Problem. Ein Glas Wein könnte nicht schaden. Sie drehte sich um.

Viel professioneller wäre es allerdings, hatte Sid später gemeint, das Ding ganz autark intelligent zu konfigurieren, also so zu programmieren, dass die Kamera durch einen Anruf ausgelöst würde, wenn ein Mädchen die Klokabine beträte; dann müsste allerdings jemand die Tür im Auge behalten; er bastle da noch. Aber an Spontanaktionen hatte er jedenfalls schon einiges geliefert, und das sah sich dann auch Dorian gerne an.

Horst hatte gewartet, geduldig und unbeachtet, und war schließlich zu der Einsicht gelangt, dass das frei zugängliche, fertig abgepackte Gebäck auch seine Vorzüge hatte; dann war ihm das Geschenkpapier eingefallen, und nun begutachtete er das Angebot: Schottenkaros und Engel auf rotem Grund. Über dem Gespräch mit dem Trafikanten hatte er ganz darauf vergessen. Dabei hätte der sicher hübschere Motive gehabt. Und wenn sie plötzlich nicht mehr da wäre. War das möglich? Frauen sterben selten vor ihren Männern, schließlich war Sieglinde noch jung, fast fünf Jahre jünger, und Frauen hatten sowieso eine höhere Lebenserwartung. Das war nicht vorgesehen im Plan. Und wenn sie nun beschlossen hätte, morgen einfach nicht mehr zu sich zu kommen? Hat alles keinen Sinn, sterben muss ich sowieso, besser also, wir gehen die Sache gleich an? Jetzt, wo die Gelegenheit günstig ist für einen schmerzfreien und unkomplizierten Übergang? Nein. So würde vielleicht er denken. Aber sie bestimmt nicht, sie nicht. Sieglinde hing am Leben.

Anton stand noch immer im Kassenhinterland und sah den anderen beim Bezahlen zu, wild entschlossen, sich die Behandlung nicht gefallen zu lassen, doch ein wenig ratlos, wie dieses Nichtgefallenlassen konkret aussehen könnte; ein wenig auch in der vagen Hoffnung, dass irgendjemand für ihn Partei ergreifen würde, doch die Nachkommenden waren heftig damit beschäftigt, ihre Einkäufe und Treuemarken einzusammeln und sicher zu verwahren. Niemand schien ihn zu bemerken, und Anton schwor sich eben zum hundertsten Mal, dass es der Kassiererin auch nichts helfen würde, dass sie neu war, dass man so mit ihm nicht umspringen konnte, mit ihm nicht, gab schließlich auf und verließ das Geschäft, nicht ohne die Bettlerin anzufahren, die vor der Tür saß, und bei der es offensichtlich niemand nötig fand einzuschreiten, dabei bettelte die, während er keinem Menschen irgendwas wegnahm, und überhaupt war die nicht von hier, eine Zigeunerin, sah man auf den ersten Blick, und die kamen daher und machten sich sofort in der Poleposition breit.

16:53

Dein Leben gegen meins. So durfte man das nicht betrachten, fand Horst, und so dürfe das nicht laufen, hatte die Dame von der Beratungsstelle gesagt, wobei sie, fand er, genau genommen ihm, Horst, diesen Gedanken unterstellt hatte, aber sei's drum. Das dachte er bestimmt nicht. Denn wenn man sagte, so oder so dürfe eine Sache nicht laufen, so implizierte das, dass man glaubte, sie könne tatsächlich so oder so sein, mehr noch, man räumte indirekt ein, dass »so oder so« tatsächlich eine treffende Kategorie zur Beschreibung des Verlaufs der fraglichen Sache wäre, und genau das, fand Horst, war es eben nicht. Auch wenn es für ihn sicher bedeute, Neuland zu betreten, hatte die Dame gesagt, da müsste er eben lernen umzudenken. Er hatte es ihr aber gezeigt. Nachdem sie endlich fertig war mit ihrem Vortrag, hatte er gar nichts mehr gesagt, sondern war mit einem kurzen, zwar höflichen, aber trockenen Gruß gegangen, zu höflich, zu kurz, zu trocken, als dass sie sein Missfallen hätte überhören können, das war sicher. Nein, er fand, er hatte Haltung gezeigt. Und umgedacht, oder überdacht, oder wie auch immer sie das nannte, sich auf die neue Situation eingestellt, das hatte er längst. Was wusste sie schon, was konnte sie überhaupt wissen. Das musste er niemandem mehr beweisen, am allerwenigsten diesen selbsternannten Tugendwächterinnen, diesen besserwissenden Sozialarbeiterinnen oder was die waren. Immerhin war er bei der Beratungsstelle gewesen; nie hätte er sich vorstellen können, dass er je eine Beratungsstelle aufsuchen würde, der ganze soziale Bereich, das war immer eine andere Welt gewesen, und zwar schon vor der allgemeinen Ausgliederungswelle. Und die Angehörigen der verschiedenen Welten durchmischten sich nicht einmal beim jährlichen Betriebsausflug des Magistrats. Also, es hatte ihn einiges an Überwindung gekostet, eine Beratungsstelle aufzusuchen, aber das sagte er dieser Dame natürlich nicht, das war, wenn sie so wollte, schon das Resultat eines gewaltigen Lernprozesses gewesen, einzuräumen, dass es sinnvoll sein könnte, sich beraten zu lassen. Allerdings hatte sie ihn eines Besseren belehrt: es hatte gar nichts gebracht. Nun, zumindest kaum was. Dabei hatte er doch nur wissen wollen, wie das mit mobilen Betreuungsdiensten stand, und möglicherweise, rein prophylaktisch, wenn er schon da war, was es an Heimen gab und wie das mit der Finanzierung wäre, nur für den Fall, dass sich Sieglindes Zustand verschlechterte und dass es eines Tages nicht mehr möglich sein sollte, sie zu Hause zu betreuen.

Und da hatte sie dann empfohlen, sich an eine neuartige und absolut kostenlose Beratungseinrichtung für Angehörige zu wenden, die wirklich allen offenstünde und in ihrer Niederschwelligkeit geradezu richtungsweisend sei für die psychosoziale Versorgung wirklich aller Bevölkerungsgruppen, und gerade er, mit einem Pflegefall in der Familie, der einen ohnehin finanziell unter Druck brächte, solle sich nicht scheuen, von einem solchen Angebot Gebrauch … Er hatte nicht mehr zugehört, hatte sie genau betrachtet, ihr selbstsicheres Auftreten, ihre burschikose Kleidung und den Kurzhaarschnitt, in dem sich erste weiße Fäden abzeichneten, die ihr offenbar egal waren; manche Frauen hielten viel zu wenig auf sich, auf ihre äußere Erscheinung, hatte er gedacht und sich gefragt, ob sie nicht merkte, dass sie ihn beleidigte, indem sie ihm so deutlich zu verstehen gab, dass sie ihn für bedürftig hielt. Und überhaupt war seine Frau kein Pflegefall. Sie war krank, und es war nicht einmal klar, wie krank wirklich, und mit etwas Glück konnte man davon ausgehen, dass sich die Sache beheben ließ, und dass sie bald wieder ganz hergestellt sein würde.

Im Grunde wusste er genau, dass er sich umsonst Sorgen machte, dass das richtige Gefühl für die Sache schon kommen würde, wenn er einmal einen guten Start hingelegt hätte, einen richtig guten Start zu seinem Sturmlauf durch den Überfluss, der sich nach Kräften verausgaben würde, großzügig wegspritzen nach beiden Seiten, dem er schon auf die Sprünge helfen, Beine machen würde, den er wegschaufeln würde, um das blanke, armselige Baumarktträgermaterial freizulegen, denn in Wahrheit sparten die an allen Ecken. Radikal, unerkannt und unfassbar, ein anonymer Sturmläufer im Arbeitsanzug. Und wenn er aufflog, auch gut, dann, und das war Plan B, würden die Medien da sein, umso besser, keine Frage, dann könnte man die für sich nutzen, dann würden die auch vor seiner Mutter nicht Halt machen, und die würde endlich verstehen, dass man den Mund aufmachen muss, um was zu ändern, dass man nicht alles schlucken und hinnehmen darf, weil sie sonst glauben, dass sie alles mit einem machen können, aber nicht mit ihm, nicht mit Mo. Und auch seine Mutter würde das endlich begreifen: Was wirklich zählte, war, wie man rüberkam, ganz real, nicht, was man dachte, denken konnte man, so viel man wollte, das interessierte keinen, worauf es ankam, war, dass und wie man etwas darstellen und rüberbringen konnte, in der kurzen Zeit, in der die Medien sich für einen interessierten, denn dass das nicht lang war, das musste man Mo nicht erzählen, das verstand sich von selbst, es ist kurz, aber heftig, dieses zweite Leben, und das stülpt sich dann über einen drüber, nimmt einem Sicht und Atem und den Boden unter den Füßen, und wenn man weiß, wie, ist es einfach, auf eine andere Ebene zu wechseln, in einen anderen Wesenszustand vorzudringen, die Gestalt zu ändern, und dort zu agieren, als gäbe es keine Notwendigkeit mehr für eine Rückkehr in die Gegenwart – und die gibt es ja auch wirklich nicht. Real betrachtet, wenn wir uns ehrlich sind, sagte Mo.

Jetzt sah sie es: es war tatsächlich ein Sektkübel, in dem dieser Mensch stand und sie noch einmal aufforderte, doch einen Schluck zu probieren. Am Rand der Sektkübelattrappe lehnte bereits ein Kunde, der sein Glas in ihre Richtung hob und sagte: Ich glaub, die Dame kenn ich. Und Luise erkannte den Mann wieder, der ihr vor den Milchprodukten im Weg gewesen war, den, der ihrem Blick nicht hatte begegnen wollen, und stellte zufrieden fest, dass sie sich getäuscht haben musste, dass er sie jedenfalls ganz offensichtlich nicht absichtlich übersehen hatte, und die Erleichterung darüber ließ sie zu lange stehen bleiben, zu lange die beiden Männer ansehen, die das als Einverständniserklärung betrachteten. Dass die Angst manchmal so tief im Magen brennt, dachte Luise, als hätte man einen Säurebeutel verschluckt, der eben geplatzt ist. Wie überraschend jedes Mal. Der Kunde nahm dem Verkäufer das frisch gefüllte Glas ab, das eigentlich ein Plastikbecher mit aufsteckbarem Fuß war, der dem Ganzen einen eleganten Sektflötencharakter verleihen sollte, darf ich, sagte er und ging auf Luise zu. Bitte, sagte er und lächelte, und Luise versuchte rasch und systematisch, das Gesicht einzuordnen; es erinnerte sie an, Moment, nein, bloß eine gewisse Ähnlichkeit. Sie ließ sich das Glas in die Hand drücken und näherte sich der improvisierten Bar. Das Handy klingelte, Luise griff danach, doch ehe sie es erreicht hatte, hörte das Läuten auf. Der Mann lächelte noch einmal und prostete ihr zu; sie reagierte. Vermutlich ein Verbindungsfehler, kommt vor. Ein besonderes Angebot, sagte der Verkäufer. Wir haben eine spezielle Aktion für die Faschingszeit; ein schönes Bouquet, nicht wahr, und ganz nach der traditionellen Flaschengärungsmethode … Der Verkäufer hielt die Flasche hoch wie eine Trophäe. Nein, es bestand wahrlich kein Grund dazu anzunehmen, dass es wieder einer dieser anonymen Anrufe gewesen war, die waren doch seltener geworden in der letzten Zeit, und außerdem, so mitten am Tag, eher unwahrscheinlich, sie hätte nur nachsehen müssen, ob eine Rufnummer dabei stand, aber das war ihr im Augenblick wirklich zu anstrengend. Und wie sie sich über die Unfähigkeit der Netzbetreibergesellschaft geärgert hatte. Natürlich hatte sie sofort versucht, der Sache auf den Grund zu gehen, aber die hatten bloß gefragt, ob sie eine Ahnung habe, wer sie da anrufen wolle. Dreimal dürfen Sie raten, hatte sie gesagt.

Frau Weiler war ins Reden gekommen, und Morgans Mutter hatte die Gunst der Stunde erkannt. Zwar musste sie sich zurückhalten, um sich professionell logopädische Anmerkungen zu verkneifen, aber sonst konnte sie sich nicht beklagen; die Weihnachtsgebäckrestbestände, die ihr aufgetischt worden waren, waren tadellos, und hinter Frau Weilers imposanten silbernen Haaren schimmerten vertraulich die Blautöne des Fernsehbildschirms durch die geöffnete Tür der Bibliothek.

Jetzt weiß ich's, sagte der Mann neben Luise plötzlich aufgeregt zu dem Verkäufer, ich kenn sie aus dem Fernsehen. Stimmt's nicht?, fragte er verschwörerisch. Sie nickte nur. Das also. Hätte sie sich denken können, wieder war sie einem völlig Unbekannten auf den Leim gegangen; in einem gewissen Alter, dachte sie, sehen die Männer alle gleich aus. Sie wollte ihr Glas abstellen und ihren Weg fortsetzen, da sagte der Mann: Alle Achtung, also Ihr Auftritt letztens, ich muss schon sagen, und diese Sache mit dem, wie hat der noch geheißen?, und Luise lächelte, danke, das hatte sie gelernt, das gehörte zum Jobprofil, immer und überall bereit zu sein, ein nettes kleines Gespräch würde auch hier nicht schaden, und die Volksnähe konnte ihr dann nicht einmal Ferdinand mehr absprechen; in letzter Zeit sagte er plötzlich Dinge zu ihr, wie sie sie niemals ausgerechnet von ihm erwartet hätte. Aber es war schließlich kein Schaden, sich eine dicke Haut zuzulegen, dicke Haut braucht man nun einmal. Sie nahm noch einen Schluck, Bläschen zerplatzten mit einem nicht ganz unangenehmen Stechen auf den Schleimhäuten. Der Geschmack war eigentümlich. Egal, ein Glas würde sie entspannen vor ihrem Auftritt. Sie spürte, dass die Haut intensiver durchblutet wurde, die Wangen würden sich röten, und das gab immer einen netten Effekt und einen hübschen Kontrast zu dem Ruf, diesem irgendwie eisigen oder eisernen Ruf, das war ihr nicht ganz klar, den sie sich durch passende Wortmeldungen zur rechten Zeit erworben hatte, nicht einmal mit Absicht, sondern aufgrund des ihr angeborenen natürlichen Instinkts, der einen Sachverhalt so treffsicher in eine eingängige Formulierung ummünzte, dass es sogar sie selbst überraschte. So sehr konnte ihr eigenes Talent Luise überraschen, dass sie es fertig brachte zu denken, dass man eine solche Gabe nur neidvoll anerkennen könne, und dass sie selbst nie drauf gekommen wäre, um im nächsten Moment die Euphorie über den platzierten Treffer bis in die Fingerspitzen rieseln zu spüren.

Sie haben doch diese Talkshow, nicht wahr?, legte der Mann nach; sehr interessant, muss ich sagen.

16:54

Schon möglich, sagte Luise und betrachtete das Glas. Das Zeug schmeckte eigentümlich. Franz hätte gesagt. Franz hätte. Franz hatte diese unglückliche Hand gehabt. Vor allem mit dem Geld und mit den Jobs, natürlich. Dabei hatte sie seine Hände gemocht. Groß und kräftig und dunkel behaart, an der Seite gerippt wie Forellenfleisch, nur der Farbton stimmte nicht ganz. Und manchmal ein wenig langsam. Dass er diese Sache zum Beispiel bis zuletzt nicht mitgekriegt haben sollte, schwer nachvollziehbar. Dabei waren sie manchmal geradezu sträflich leichtsinnig gewesen, vor allem sie, wie Ferdinand behauptet hatte. Gut, in der ersten Zeit der Ehe war ja wirklich nichts gewesen. Sie hatte sich bemüht. Trotzdem, wenn Franz wollen hätte, hätte er es wohl bemerkt. Er war eben nicht immer der Schnellste. Manchmal hätte sie das aus der Haut fahren lassen können. Aber das mit dem Einbruch ... allerdings hätte es ihm ähnlich gesehen, das vor ihr zu verheimlichen; es hätte seinem Ehrgefühl entsprochen, sie zu entlasten und zu verhindern, dass sie lügen müsste. Und sicher war der Baumgartner oder wie der geheißen hatte (sie hatte den Namen mit Plan und Ziel verdrängt und das zugehörige Objekt bald nach dem Unfall verkauft) irgendsoein furchtbar angesagter Künstler gewesen, aber mit dergleichen hatte sie noch nie viel anfangen können. Sie war konservativ, was Kunst betraf, dazu stand sie, und das war mehr als ein bloßes Lippenbekenntnis. Aber Franz hatte das Ding mit dem wundervollen Titel »Höhenflüge« ja unbedingt haben müssen, das, wie der Künstler Franz persönlich auseinandergesetzt hatte, die Entwicklung des auf das Diesseitige und Materielle ausgerichteten europäischen Geistes seit der Aufklärung darstellte – oder auch nur die autoerotischen Phantasien des Herrn Baumgartner, wie Luise unterstellte; es hatte das metallische Gerüst eines Menschen gezeigt, der sich einen Revolver rektal einführte, soweit Luise sich erinnern konnte, man hätte darin allerdings auch jede beliebige andere Stahlkonstruktion erkennen können, eine Halle vielleicht, die unter der Last der Schneemassen zusammengebrochen war, oder eine von den anschließenden Schmelzfluten abgerissene und zerquetschte Brücke, und die Waffe wäre dann einfach ein Teil des an solchen Fließhemmnissen anfallenden Treibgutes gewesen. Treibgut, Abfall, Müll, sogar für Luise, wenn es nicht dieses Ding gewesen wäre, das Franz das Leben gekostet hatte.

Morgans Mutter wusste, dass es Schlimmere gab als Frau Weiler, die sich gerade über ihre Mieter ausließ. Aber ich beklage mich nicht. Soll nichts Schlimmeres passieren, sagte Frau Weiler. Gut war auch, dass man einfach gehen konnte; immer besser, wenn man die Aufwartungen breit streute, sprich: auf mehrere Kundinnen (Klientinnen?) verteilte. Dann war man nicht so abhängig. Denn was man hörte, war nicht das Beste. Vor fixangestellten Haushälterinnen nahm sich kein Mensch mehr zusammen. Scheiße neben dem Klo. Erbrochenes in sämtlichen verfügbaren Behältern, alles schon dagewesen, wenn auch sicher nur ein Hilferuf, ein Hinweis auf den erbärmlichen Zustand der bulimischen Tochter der Arbeitgeberin, aber was half's. Dafür wurde man schließlich nicht bezahlt. Da war es von Vorteil, wenn man auf mehrere Einnahmequellen zurückgreifen konnte, deshalb: Investieren in Frau Weiler!, dachte Morgans Mutter, während sie durch den Türspalt auf den Fernseher schielte, der, soweit sich das von ihrem Platz in Frau Weilers Wohnzimmer aus beurteilen ließ, gerade intime Details aus dem Hormonzyklus einer Containerbewohnerin zeigte.

Anna K. stellte sich auf Zehenspitzen, um an ein Glas mit Trockenpilzen zu gelangen. Es fehlte nicht viel, die Fingerspitzen berührten das Glas, Plastik, um genau zu sein, sie hörte den leisen Ton der Berührung, der dumpfer klang, als das bei Glas der Fall gewesen wäre. Der Behälter glitt nach hinten. Ein bisschen noch, ermutigte sich Anna, das geht schon: ein heller Schmerz in der Lendenwirbelsäule ließ sie zusammenzucken; sie klammerte sich an den Wagen, um ein Haar hätte sie das Gleichgewicht verloren. Peinlich. Sie atmete tief durch, ein und aus, und immer aus dem Bauch heraus, allmählich ließ der Schmerz nach, gerade rechtzeitig, dass sie die Kraft aufbrachte, dem grünen Rücken eines jungen Mannes »Entschuldigung« nachzurufen. Entschuldigung, sagte sie noch einmal, ich würde … Keine Chance. Er hörte sie nicht. Oder er tat zumindest so, als ob er nichts gehört hätte. Anna K. hatte da ihre Vermutungen. Warten Sie, sagte eine Stimme hinter ihr, und als sie sich umdrehte, sah sie wieder den Hutträger vor sich.

Im Operationssaal der Privatklinik am Lindenhof, dessen breite Verglasung (aus sichtschutztechnischen Gründen erst in Überkopfhöhe) tatsächlich den Blick auf die namensgebenden Bäume ermöglicht hätte, sengte sich der Metallbohrer eine Schneise durch die Fettperlen, die wie eine dicke Schicht zu weich gekochter Maiskörner aufeinander pappten und den Zugang zum Inneren erschwerten, und dem Operateur fielen zum wiederholten Mal in dieser Phase eines chirurgischen Eingriffs die Breiberge ein, oder vielleicht Grammelschmalzberge, dachte er, die Vorstellung, Brei zu essen, ist für heutige kulinarische Gewohnheiten doch eher abartig, die Nährstoffberge jedenfalls, die die Fresswütigen auf dem Weg ins Schlaraffenland erwarteten (durch die sie sich durchfressen mussten, wie der Operateur weiters dachte, bis sie sich schließlich, abgesättigt und zufrieden, niederlassen können, um die endlich eroberte schöne Welt auf der anderen Seite zu bewundern, und das Beinfleisch im Fett versinkt), und die also das Eingangsprodukt des Fettumsatzes darstellten, während es sich bei denen hier – die er als Entgegenkommen an die Privatpatientin so ganz nebenbei ein wenig abräumen würde (wovon Horst allerdings nichts wusste, dieses Detail hatte Sieglinde ohne Wissen ihres Mannes unterderhand vereinbart), die Schürze kappen oder auch das Fett auslassen, könnte man sagen, damit die Operation auch vom ästhetischen Standpunkt aus betrachtet ein bisschen was hergab –, während es sich also bei den Breibergen hier um das End- und Abfallprodukt handelte, das den Rückweg aus dem Fressparadies zunehmend erschwerte. Menschenbruch.

Doris registrierte müde die Beschriftung der Hinweisschilder. Sie war losgefahren, ohne sich die Mühe zu machen nachzusehen, wo sie denn nun eigentlich abfahren musste. Nach der nächsten größeren Kurve kam doch dieser Ort, und kurz danach ein paar Ausfahrten, und eine davon war die richtige, die zweite oder die dritte, und Doris hatte angenommen, dass sie die im richtigen Moment dann erkennen würde, sie hatte sie schließlich schon einmal gefunden. Von da an sollte es nicht weiter schwierig sein. Was die Kursleiter diesmal wohl präsentieren würden? Letztens hatte jemand neben ihr gemeint (und zwar ein kleiner Mann, der jedenfalls weit über 40 war, vielleicht schon 50, und für Doris' Geschmack ein wenig zu auftrainiert, und der die Abnahme seiner Kopfbehaarung durch eine radikale Glatze bekämpfte), dass sich nach Absolvierung der nächsten Kurseinheit auch die Möglichkeit eröffnen werde, das erworbene Wissen weiterzugeben, und dass er überlege, sich ein zweites berufliches Standbein aufzubauen.

Und wenn Ferdinand nicht aufgefallen wäre, dass sich die Geschichte glänzend als sicherheitspolitisches Lehrbeispiel ausschlachten ließ, nach dem Motto: So hart das Gesetz ist, es gilt für alle, seht her, ich mache sogar vor meinem eigenen Fleisch und Blut nicht Halt. Und so hatte Luise eben daran zu glauben begonnen, dass der Sicherheitsmann nicht anders hatte handeln können, und dass sie auf böswillige Weise von ihrem Ehemann getäuscht worden war, dass sie von seinen Schulden nichts gewusst hatte; zum Glück war sein Leben hoch versichert gewesen (die Bank hätte gar nichts anderes akzeptiert als Gegenleistung für das Herausrücken des Startkapitals zur Firmengründung), sodass Luise ohne Altlasten in ihre neue, politische Zukunft hatte gehen können.

16:55

Die Fleischfarbe wurde durch die spezielle Beleuchtung ins Rötliche verschoben, damit die Sache frischer aussah; das hatte Erich W. letztens erst in Ausübung seiner journalistischen Tätigkeit in Erfahrung gebracht. Dem Geruch halfen sie womöglich auch nach. Erich sog sorgfältig Luft durch die Nase ein. Bitte, ich, sagte eine ältere Frau neben ihm. Was war das gewesen? Da war was. In Österreich beherrscht kein Mensch die Kunst des Schlangestehens, dachte er. Das ist zu intellektuell, zu starr und zu unbeeinflussbar; hierzulande muss man die Ordnung der Dinge ein wenig korrigieren dürfen, irgendwie doch schon ein wenig früher an der Reihe sein, als man befürchtet dranzukommen, hielte man Regeln wie die einer korrekten Schlangenreihenfolge ein. Deshalb bilden sich auch keine Schlangen, sondern Aufläufe und Ansammlungen. Und jetzt drängte sich die natürlich auch noch vor.

Abgesehen von dem Schmerz. Denn trotz allem hatte Luise Franz gemocht, manchmal, in glücklichen, seltenen Momenten, hatte sie ihn sogar begehrt. Und das reichte auch, fand Luise, denn wie viele Beziehungen gab es, in denen nicht einmal das noch blieb nach dem Abflauen des ersten Gefühlsgewitters; sie beide, Franz und Luise, hatten das eben schon von Anfang an sehr nüchtern gesehen. Zumindest sie. Was ihn betraf, nun, das ließ sich nicht mehr klären. Behauptet hatte er jedenfalls, dass auch sein Gefühl still und ruhig und unaufdringlich sei, und so waren sie recht bald handelseinig gewesen, wenige Monate, nachdem sie ihn bei Ferdinand und Jasmin auf einer Gartenparty kennengelernt hatte. Irgendwie hatte Luise wohl auch gedacht, Franz könne sie vor der fatalen Anziehungskraft schützen, die Ferdinand auf sie ausübte. Geschichte, beschloss Luise. Auch dieser Teil der Geschichte ist Geschichte. Dafür würde sie sorgen, keine Frage. Und schließlich hatte sie ja eine Verpflichtung dem Kind gegenüber. Anatol. Das Kind war eindeutig von Franz. Nach der Hochzeit hatte sie eine ziemlich lange ferdinandfreie Zeit durchgehalten. Nicht auszudenken, was gewesen wäre, wenn in diesem Punkt irgendeine Unsicherheit bestanden hätte. Nein, ganz und gar nicht auszudenken.

Ein Lkw kam Doris entgegen. Der Verkehr wurde an dieser Stelle zweispurig geführt, und sie hatte das Gefühl, ausweichen zu müssen. Die rechte Fahrbahn war gesperrt, warum auch immer, Doris auf die Gegenfahrbahn umgeleitet worden; die Enge war beklemmend, und auch wenn sie im

Grunde wusste, dass es sich ausgehen würde, dass die Fahrspurbreite unter Berücksichtigung von Kurvenkrümmungsradien und höchstzulässiger Fahrzeugdimensionierung schließlich so konzipiert war, dass es sich ausgehen würde, dass sie unbeschadet an dem Lkw vorbeikommen würde, versuchte ihr Unterbewusstes anscheinend den Wagen nach rechts zu treiben, weg vom Gegenverkehr, weg auch vom Felsabbruch neben der Autobahn (an dem man bei gutem Wetter bunte Flecken kleben sah, die sich langsam wie Wanzen entlang von Spalten und unsichtbaren Vorsprüngen bewegten), hin zur Mittelschiene, doch da war kein Platz, nur das winterharte Gestänge langwuchernden Grünzeugs zwischen den Leitplanken. Und jenseits der Leitschienen kein Hinweis darauf, warum die andere Fahrbahn nicht benutzbar sein sollte, kein Baufahrzeug, kein sichtbarer Schaden, nichts, was einen plausiblen Grund für die Sperre abgegeben hätte. Ein Knall, der von links hinten kam, ließ sie zusammenfahren.

Ein geplatzter Reifen, dachte Doris, eine freifliegende Radkappe des Lkw, dessen dunkler Schatten sich blockhaft vor das Seitenfenster geschoben hatte. Jetzt nur das Lenkrad gerade halten. Im Rückspiegel sah sie etwas auf dem Asphalt liegen, braun vielleicht und weit drüben auf der anderen Seite, abgeprallt und zurückgeworfen von ihrer Seitentür, das zuckte, ein Bein vielleicht, das Schwung holte, kurz bevor der Umriss eines anderen Wagens das Bild verschluckte.

Das arme Tier. Was mach ich jetzt? Ich komm zu spät.

Kann man sowieso nichts mehr tun. Wie das Auto wohl aussieht? Wenn ich verrissen hätte und in den Leitplanken gelandet wäre. Durch den Zwischenraum in den Leitplanken gestürzt, aus der Brücke gefallen, die die Autobahn an dieser

Stelle eigentlich ist. Dann wäre in – sagen wir – zehn Minuten ein Hubschrauber da, würde mich ins Krankenhaus bringen, und dort, wenn sie sehen, dass nichts mehr zu wollen ist, würde man mich am Leben halten, bis die wichtigsten und begehrtesten Organe entnommen werden können. Muss eine ganz schöne Nachfrage herrschen. Sowas Gesundes, Junges und Frisches wie mich kriegen die nicht alle Tage. Wenn ich also nicht verrissen habe, so hat das Auswirkungen auf die Transplantationslisten. Wie das Auto wohl aussieht.

Dabei hatte Erich in letzter Zeit eigentlich Zeit. Dennoch ärgerte ihn diese Wichtigtuerin, die offensichtlich von der Angst besessen war, zu kurz zu kommen, und der sich die Bösartigkeit ins Profil grub, das sie gezeigt hatte, als sie sich vergewissern wollte, dass tatsächlich jemand hinter ihr war, der jetzt also zur Kenntnis nehmen musste, dass sie es war, die jetzt dran war, und nicht etwa er. In Wahrheit hatte er Zeit, also, dachte er, würde es nichts schaden, die Dinge ein wenig entspannter anzugehen. Sollte sie doch. Wenn es sie glücklich machte. Die Arbeit hatte er effektiv und so weit wie möglich auf die freien Mitarbeiter abgeschoben, die immer noch glaubten, dass sie eines Tages zu Festangestellten aufgewertet würden. Sollten sie weiterträumen, ihm war es recht. So konnte er sich Dingen widmen, die ihn wirklich interessierten. Die Mehrfachverwertung menschlicher Organe zum Beispiel. Er verwendete seine brachliegenden journalistischen Ressourcen durchaus nutzbringend für Recherchen verschiedenster Art, etwa über Nahrungsmittelqualität und EU-Gesetzestexte, Düngemittel, Handymastabstrahlungen und Allergiehäufigkeit, Gaspipelines und ihr Auftreten in Krisengebieten, um nur ein paar Schwerpunkte zu nennen.

Besonders hatte es ihm – angeregt durch das Bild einer chinesischen Hinrichtungskandidatin, deren Gesicht von unbarmherzig weißbehandschuhten Händen in die Höhe gehoben worden war, ins Blickfeld der Kamera, der Kamera geradezu aufs Auge gedrückt, hätte man schreiben können – die Frage angetan, inwiefern die am häufigsten praktizierten Hinrichtungsarten die inneren Organe in Mitleidenschaft zogen, oder andersrum: welche Hinrichtungsarten gewährleisteten, dass noch brauchbare Organspender dem Weiterverarbeitungsprozess termingerecht zugeführt werden konnten.

Wobei man feststellen musste, dass die chronische Durchseuchung des Internets mit verlockenden Abzweigungsmöglichkeiten das Beim-Thema-Bleiben erschwerte. Nicht dass Erich Wackernagel was dagegen gehabt hätte, ein Thema bis ins Detail hinein zu verfolgen (übertreiben durfte man es allerdings nicht, dann litt der Weitblick), er musste feststellen, dass es immer größerer Disziplin bedurfte, das zu tun.

16:56

Bis sie den Pannenstreifen erreicht hatte, bis endlich der unendlich langsame Verkehr vor ihr es zuließ, dass sie die Stelle passierte, an der die Fahrspur wieder nach rechts auf die reguläre (und also pannenstreifengesäumte) Fahrbahn floss, zitterte sie so sehr, dass es ihr nicht mehr gelang, das Auto vernünftig zum Stillstand zu bringen; sie würgte den Motor ab. Eine Flasche löste sich aus dem Verband im Kofferraum und krachte gegen die Rückbank. Und wieder nicht getroffen, dachte Doris, ätsch, und: es war ein Tier.

Natürlich. Das Bein, dessen hilflose Konvulsionen sie vor sich sah, war eindeutig das eines Tiers. Ein Mensch würde anders. Und außerdem: Was hätte ein Mensch da auch zu tun gehabt, mitten auf der Autobahn.

Kante auf Kante. Zischend fuhr der Dampf des Bügeleisens über den Stoff.

Möchtest du darüber reden?, fragt der Moderator. Psychologe, Tauschvater, was immer er war.

Frau Weiler hatte Morgans Mutter, bepackt mit sämtlichen erforderlichen Utensilien, in die Bibliothek gelotst; mit ein bisschen Freude, hatte sie gesagt, geht doch alles leichter von der Hand, der Fernseher ist doch ein Segen für alte Menschen wie mich, dann hatte sie sich selbst in einen der tiefen Ohrensessel sinken lassen, während sie Morgans Mutter Anweisungen gab, die Aufstellung und Ausrichtung des Bügelbretts und den Anschluss des Bügeleisens betrafen. Damit man nicht über das Kabel stolpert, sagte sie. Stellen Sie sich nur vor, mir passiert das, und ich brech mir ein Bein. Das dauert Wochen, bis mich wer findet.

Wir verstehen alle, sagte der Moderator, dass du Zeit brauchst. Er flüsterte raumfüllend.

Die Fernbedienung lag am Couchtisch, so, dass Frau Weiler nur den Arm auszustrecken brauchte, um in das Bildschirmgeschehen einzugreifen und einen anderen Sender hervorzuholen, der ihrer momentanen Stimmung und Interessenslage mehr entspräche. Wenn sie nicht schlafen würde.

Wie war das denn so für dich, ich meine, der Anfang der Beziehung?, fragte der Moderator, dann setzte die Kennmelodie des Werbeblocks ein.

Nach einiger Zeit, in der Doris vermutlich durch die Windschutzscheibe gestarrt und sich gefragt hatte, warum der Fluss, der an dieser Stelle über eine Kante schäumte, die im Zuge von Renaturalisierungsarbeiten am Flussbett vor kurzem eingefügt worden war, eigentlich so schnell floss, und ob er das schon immer getan hatte (genau hätte sie das im Nachhinein auch nicht mehr sagen können), packte sie die Tasche, die auf dem Sitz neben ihr lag, stieg aus dem Auto und warf die Tür zu. Es war eben noch hell genug, um die Lackschäden zu begutachten; sie fand keine Blutstreifen an der Seite, wie sie das erwartet hatte, nur ein paar Schrammen, die erstaunlich seicht waren, wenn man die Heftigkeit des Aufpralls bedachte. In den Vertiefungen klebte eine dunkle Substanz, die Erde oder Haut oder auch Gummiabrieb sein konnte; sie untersuchte sie nicht genauer. Sie drehte sich um und hielt nach einer Verkehrslücke Ausschau.

16:57

Vielleicht war es manchmal besser, dachte Horst, nicht zuviel zu wissen. Sich nicht zerlegen zu lassen, bis man auf irgendetwas stößt, denn in ihrem Alter stieß man immer auf irgendetwas, früher oder später, den Körper nicht durchleuchten und die Empfindungen nicht so lange analysieren zu lassen, bis man nicht mehr wusste, was man eigentlich empfunden hatte, bevor man begonnen hatte, darüber nachzudenken.

Wie anders war da England. Erich seufzte. Dort standen sie sogar an den Bushaltestellen Schlange; nach London würde er gerne wieder einmal fahren, doch Amelie mochte keine solchen Riesenstädte. Genauer gesagt wollte sie überhaupt nicht in den Norden, sie wollte immer nur nach Griechenland fahren, und das seit mehr als zwölf Jahren, immer in dieselbe Gegend, und das Einzige, was sich geändert hatte, war das Preisniveau der Ferienhäuser. Dabei hätte Erich so gerne einmal die englische Südküste gesehen, ein kühles, weites, grünes Land, so dachte er sich das, selbst wenn er wusste, dass die Folgen der Klimaerwärmung auch vor England nicht Halt machten und das Grün immer mehr ins Gelbliche verschoben. Und London. Ihn faszinierte die schiere Größe dieser Stadt, die Menschenmasse, in der man unterging und von der man wieder ausgespuckt wurde, ohne auch nur die geringste Spur zu hinterlassen. Überhaupt Ausscheidungen: durch die Abwässer gerieten jeden Tag zwei Kilo Kokain in die Themse, auch das hatte er gelesen; er las viel. Wie hoch musste da erst die Konzentration an Psychopharmaka sein? Und wie wirkt die auf Wassertiere? Lachende Fische, sedierte Mikroorganismen und Kanalratten auf dem einen oder anderen Trip? Und wie erst die Mischung aus all dem? Und wie viel davon gelangt wohl wieder ins Trinkwasser? Vielleicht, folgerte der Journalist Erich W., bekommen wir unsere täglich nötige Mischung aus Sedativa und Durchhaltewillen schon beim morgendlichen Zähneputzen aus dem Wasserhahn, so wie das Fluor früher? Vielleicht ist das der wahre Grund für Zahnputztraining schon in der Kinderkrippe?

Oswald lächelte die kupferrot behelmte Verkäuferin an; ein Jammer, sagte er, die Frau da draußen. Bei der Kälte. Da sollte sich wirklich wer drum kümmern, meinen Sie nicht? Arme Seele. Die Verkäuferin reichte ihm wortlos, aber, wie er genau spürte, bewegt von seiner Anteilnahme und mit einem stillen inneren Lächeln, das ihm alles Gute mit auf den Weg zu geben schien, das in Butterpapier eingeschlagene Päckchen; unglaublich, wie viel leichter doch alles geht, wenn man es nur leicht nimmt. Auch hier war er gleich drangekommen. Leichtigkeit ist möglich und machbar; es erstaunte ihn, wie bereitwillig sie kam, wenn man nur wusste, wie man sie anlockte. Wenn er das nur schon früher erkannt hätte. Wie lange hatte er sich umsonst gequält? Die Zeit, in der zuletzt etwas leicht und einfach gegangen war, musste so weit zurückliegen, so tief verschüttet sein unter all den kleinen alltäglichen Widerständen und Hindernissen, die er zunehmend verbissen bekämpft hatte, dass Oswald sich nicht einmal mehr daran erinnern konnte, sie vergessen zu haben. Und dass sie jetzt mit einem Mal wieder da war, dass ihm der Weg in diese neue Leichtigkeit offen stand, das hatte etwas mit Michaela zu tun, mit ihrer unbekümmerten Art, ihrer unverbrauchten Herangehensweise, ihrem frischen Lächeln, wenn sie sagte: Wir schaffen das schon. Und sie hatte Humor. Auch so was, von dem er gar nicht mehr gewusst hatte, dass Frauen es haben können. Seine Frau – seine zukünftige Ex-Frau – und ihre ganzen Freundinnen verfügten jedenfalls nicht einmal über Spurenelemente davon. Wie soll man da nicht trübsinnig werden, unter Umständen, die ihn weiter und weiter einschränkten, Pflichten, die ihm die Luft abschnürten, und dann immer noch die ewigen Debatten um Überstunden und Elternabende und all das Zeug. Und mit den Kindern würde es schon gehen. Die würden das schon verstehen, eines Tages, dass es für ihn keinen andern Weg gegeben hatte, wenn er sich nicht völlig selbst verlieren hätte wollen; und außerdem war Michaela sowieso ein Muster an Kinderfreundlichkeit. Sie würde sicher bald. Aber sie hatten noch Zeit. Michaela war schließlich noch jung; unglaublich, eigentlich, wie jung sie war.

16:58

Nicht mehr weit. Nur noch die Straße entlang. In seinem Magen glühte es eigenartig. Auf einmal spürte er, dass die Blase zum Bersten voll war, und dass er nicht mehr durchhalten würde bis. Bis wann, egal, bis nachher jedenfalls, wenn er und Sid in aller Ruhe eine rauchen würden, das hieß, Sid würde rauchen, Mo rauchte nicht, und überhaupt, sonst hatte er es ja nicht so mit der Blase, ganz und gar nicht, aber jetzt. Mo sprang elegant über einen Holzzaun und schlug sich ins Gebüsch. Wenn diese Hürde so leicht zu nehmen ist, dachte er. Wozu zurückkommen? Er grinste, als er an seine Mutter dachte und den Anfall, den sie kriegen würde, wenn sie ihn jetzt sehen könnte: am helllichten Tag neben der Straße einfach so ins Gemüse pinkelnd, reiß dich zusammen, würde sie sagen, wo kommen wir da hin, ans Ziel, wollen wir doch hoffen, sagte Mo, drehte sich um und betrachtete die Fassade der Kleingartenvilla, deren Garten er eben missbraucht hatte, jetzt schnell weg hier, bevor irgendein Hund womöglich noch auf dumme Gedanken kam, verstaute alles ganz ordnungsgemäß, dass sogar die Mutter ihre helle Freude gehabt hätte, und sprang wieder über den Zaun.

Ein Verkäufer bedeutete Oswald, näher zu treten: einladend schwenkte er eine Sektflasche. Alles zu seiner Zeit. Oswald drehte sich noch einmal nach der Verkäuferin um, die ihrer Kollegin etwas Vertrauliches mitzuteilen schien (rot neben schwarz mit weißblonden Strähnen, die an den Spitzen leicht ins Grünliche spielten); er lächelte wissend, und jetzt schien ihm, dass auch die Schwarzblonde ihn verständnisvoll ansah, er erweiterte sein Lächeln und schloss sie ein. Wie leicht. Er wandte sich um: Aufhören, wenn es am schönsten ist. Im Übrigen war es seiner Aufmerksamkeit nicht entgangen, dass sich auch am Sektstand eine Frau aufhielt, eine schöne Frau, soweit er gesehen hatte, zwar etwas älter als die Verkäuferinnen, aber dafür, das musste man sagen, mit ungleich mehr Stil und – wie sollte man das jetzt formulieren, Oswald suchte, fand: – Kultiviertheit. Das war es.

Auf der Gegenfahrbahn hatte sich ein Rückstau gebildet, und Doris war sich plötzlich sicher, dass es Folgeunfälle gegeben haben musste, eine zweite Kollision, die das Tier auf keinen Fall überlebt haben konnte (ein junger Hirsch, dachte Doris und sah noch das zitternde Bein vor sich), gefolgt von weiteren Auffahrunfällen. Und ich bin daran schuld, nein, natürlich nicht, was hätte ich denn tun sollen, was hätte ich tun können, was hätte überhaupt irgendwer in so einer Situation; sie strich die Leitplanke entlang, um dem von hinten (aus dem Hinterhalt, dachte sie) kommenden Verkehr keine Angriffsfläche zu bieten; es wurde langsam dunkel. Sie zählte die Abschnitte zwischen den Leitplankenverankerungen im Boden, erreichte den Zusammenlauf der beiden Spuren, wo ein allgemeines Aufatmen stattzufinden schien und die Fahrzeuge sofort beschleunigt wurden. Die Metallschiene, von der sie sich führen ließ, gab nach, geriet in Schwingung, oder kam ihr das nur so vor?; sie zuckte zurück und warf einen Blick über die Böschung, die ein paar Meter abfiel, bevor die Straße sich vom Untergrund löste – ungefähr an der Stelle, wo Doris den Hirsch getroffen haben musste – und zu einer Autobahnbrücke wurde, die das Ufergestrüpp überspannte und dann in weitem Bogen den Fluss.

16:59

Ein bisschen noch. Anzeichen für das Vorhandensein eines Unfallopfers (des Junghirschs) hatte Doris keine gefunden, gab es vermutlich gar keine, und sie jagte den handfesten Beweisen einer Einbildung nach, oder wenn es welche gab, hatte die Dämmerung sie jedenfalls unkenntlich gemacht. Als Tafeln mit grinsenden Strichgesichtern das Ende des einspurig geführten Bauabschnitts anzeigten, war klar, dass sie bereits zu weit gegangen war, sie kehrte um und suchte den Asphalt ab, nur unterbrochen vom scharfen Licht der nun entgegenkommenden Scheinwerfer, die voller Schrecken an ihr hängen blieben; nein, sagte sie, ihr braucht keine Angst zu haben, ich bin keine Selbstmörderin. Ich bin auf der Suche nach einem Stück Tier, oder einem zerstückelten Tier, einem Tier in Stücken. Sie lehnte sich an die Leitplanke, sah noch einmal hinunter, überprüfte das Gelände, so gut es ging, doch nach wie vor rührte sich nichts, erkannte sie nichts Ungewöhnliches, nichts Verletztes, Zerquetschtes, Blutendes, das sie zu irgendeiner weiterführenden Handlung gezwungen hätte. Und weil wir Tiere sind, hätte ich jetzt gern ein anderes, dachte Doris, das sich hinter mich stellt und ich beuge mich vor und dehne meine Strecker, oder wie auch immer diese Sehnen heißen, und ich lass dieses Andere in mich hinein, nein: herein (ich werde mich doch nicht etwa so ganz einfach von außen sehen, aber vielleicht ist das ganz natürlich, dass ich mich von außen sehe, vielleicht entspricht das meiner angestrebten Position). Und die Nächsten kommen, die nachrückenden Nachwachsenden drängen dich ganz einfach ab, als hätte es dich nie. Und machen alles vor, als wäre es das erste Mal, und du hast nichts mehr zu melden, und angesichts solcher Aussichten ist es klug, sich fortzupflanzen, fickst du in der Zeit, so hast du in der Zeitnot eine Chance mitzumischen, wenn's denn anschlägt. Oder aufschlägt, dachte Doris. Eigentlich war ein Sturz über die Böschung an dieser Stelle ohnehin nicht zu überleben. Und so ein totes Stück Wild. Was sollte man da schon machen. Wenn es überhaupt hier passiert war. Wenn es überhaupt passiert war. Am besten setz ich mich ins Auto und fahr weiter, dachte Doris.

Es war doch so, endlich nachweisbar bestätigt: wenn irgendwas anstand, sagen wir, irgendeine kleine, notwendig eingesteckte Demütigung zum Beispiel, dann musste die sofort, so bald wie möglich, kompensiert werden (ich könnt Ihnen Sachen erzählen, sagte der Mann neben Luise; dann bemerkte er einen Neuankömmling, einen hilflosen, blassen Mann, zum Versager geboren, wie Luise mit einem raschen Seitenblick feststellte, und der Mann neben Luise beschloss, in Richtung des Versagers, der gerade die Situation sondierte, ein freundliches Signal auszusenden), mit einer einkassierten Anerkennung, oder, besser noch, viel besser, wenn sie sich einmal auf ihr Gefühl verließe, aber sie hätte sich nicht als Gefühlsmenschen bezeichnet, mit einem ausgeteilten schnellen Hieb oder einem eleganten Untergriff. Da gab es wenig zu diskutieren. Und kaum war das Gleichgewicht wieder hergestellt, folgte die nächste Flaute, die nächste fahle Gewissheit ereignisloser Gleichförmigkeit, um von Schlimmerem nicht zu reden, was an der Gegenfront instantane Dosissteigerung verlangte und neue Höhepunkte.

Auf uns hört ja keiner!, sagte der Mann. Der Neuankömmling nickte, und Luise spürte, dass er sie dabei musterte, dass dieses Nicken nur ein Vorwand war, um ausgiebig in ihre Richtung zu blicken, und auch wenn er kein Mann war, den Luise auch nur ansatzweise ernst genommen hätte, so gefiel ihr sein Interesse doch, während der Schaumweinverkäufer es vorzog, sich auf den Korken einer weiteren Flasche zu konzentrieren, der fester im Hals steckte, als das wünschenswert war.

In solchen Momenten war es kein Fehler, sich Ferdinand vor Augen zu halten und seine Fähigkeit, haarscharf an einem vorbeizusehen, insbesondere dann, wenn er annahm, dass die betreffende Person seine Aufmerksamkeit erwartete, ja, das reichte eigentlich schon aus, um eine, wie Ferdinand wohl fand, gesunde Gegenreaktion zu provozieren, die, das musste Luise einräumen, ganz wundervoll funktionierte, so als hätten die vermeintlich Aufmerksamkeitssuchenden mit nichts anderem als dieser Behandlung gerechnet, und die gestaltete sich dann folgendermaßen: Ferdinands Blick streifte beiläufig die Schulter oder den Oberarm (was ihm seltsamerweise besonders gut zu gelingen schien, wenn er getrunken hatte), um jemand anderen, der vielleicht lauernd, vielleicht aber auch nichtsahnend und zufällig in zweiter Reihe stand, herauszugreifen, Leute, die nicht wussten, wie ihnen geschah, solange, bis er sie zugunsten der nächsten übersehen würde (und die, wenn sie Begabung hatten, diese Methode gleich zu imitieren begannen, um ein richtiges kleines Pyramidenspiel des geschickt eingesetzten Aufmerksamkeitsdefizits in Gang zu setzen), solange, bis er sie zugunsten der übernächsten übersehen würde, oder auch zu Gunsten der Vorhergehenden, in Sicherheit konnte man sich nicht einmal wiegen, was den Verlust seiner Gunst betraf. Der Zeitpunkt dafür kam jedoch mit unerbittlicher Regelmäßigkeit, sofern sich die Betreffenden dem Herausgegriffenwerden gegenüber aufgeschlossen zeigten, was allerdings in Ferdinands Umgebung im Allgemeinen der Fall war. Das Publikum nahm seine Zuwendung gerade deshalb so gerne an, weil er sie als Waffe einsetzte, die einzig und allein dem erklärten Kriegsziel zu dienen hatte, seine eigene Großartigkeit zu bestätigen – und darum, das musste sie zugeben, beneidete Luise Ferdinand.

Luise kannte den Vorgang nun wirklich aus allen möglichen Blickwinkeln, nur der Ferdinands verschloss sich ihr immer wieder, stellte Luise mit Bedauern, aber durchaus nüchtern fest, während ihr bewusst wurde, dass sie den Cocktailtomatenspot jetzt schon zum dritten Mal hörte, Zeit weiterzugehen. Wann immer sie selbst versuchte, Ferdinands Taktik anzuwenden, scheiterte sie mehr oder weniger kläglich, nun, das war zu dick aufgetragen, kläglich war sie wirklich nicht, aber sei's drum, die Formulierung hatte sich aufgedrängt, und Luise war keine, die deftige Formulierungen zurückgehalten hätte (dem Verkäufer war es gelungen, die Flasche zu entkorken, und er schenkte dem Mann an Luises Seite nach, der begonnen hatte, ihr für ihr Fernsehaussehen Komplimente zu machen; nur dass sie in Wirklichkeit irgendwie anders aussähe), Cocktail, zum Beispiel, was soll das eigentlich bedeuten, Hahnenschwanz, oder doch gleich eine obszöne Dopplung? Luise lächelte, um einer deftigen Formulierung willen kann man die Realität schon ein bisschen beugen, so etwas stößt nie auf taube Ohren, im Gegenteil: es fällt auf fruchtbaren Boden. Nicht dass sie selbst nicht kühl gewesen wäre, kühl und glatt (also eine Empfängnis durch das Ohr?), da brauchte man sich nichts vorzumachen, aber seine Finesse hatte sie nicht. (Wo hatte sie das nur wieder her? Das ließ sich im Moment nicht klären, und, was wichtiger war, tat absolut nichts zur Sache. Weiter.) Ferdinand war ein Naturtalent, was die Kunst betraf, noch die harmloseste Interaktion auf kriegstechnische Verwertbarkeit abzuklopfen und entsprechend einzusetzen, und auf seine Weise auch ein Junkie.

Da half es wenig, sich ihn entblößt zu denken, seiner Schutzkleidung beraubt und vor ihr kauernd, war es doch auch in dieser Lage so offensichtlich er, der die Spielregeln vorgab, die Kostümierung bestimmte (wünschte, so nannte er das: er sprach immer von Wünschen, Vorschlägen und Ideen), der ihre Instrumente führte, was sich spätestens dann gezeigt hatte, als sie vorgeschlagen hatte, einmal die Rollen zu tauschen, nur versuchsweise, denn sie wolle auch einmal wissen, wie dieser ganz spezielle Schmerz sich anfühlte, der ihn in so weit entfernte Zustände brachte. Sie sei sich sicher, hatte sie nachgelegt, dass ihr eine solche Erfahrung helfen würde, besser auf seine Bedürfnisse einzugehen; doch umsonst, er hatte nichts davon wissen wollen, er habe Angst, sie zu verletzen, hatte er gesagt. Doch in Wahrheit, das war ihr klar, war es nichts als Bequemlichkeit gewesen, ein zu großer Umweg auf der beschwerlichen Route zur Erreichung seiner ganz persönlichen Zielvorgabe: das roch zu sehr nach Arbeit.

Der Kopf ist abgerissen, sagte einer der Männer am Schaumweinstand zu dem Verkäufer, während der blasse zweite an seinem Rücken vorbei Luise zuprostete, die vielleicht eine Spur von Kenntnisnahme sehen ließ, sich ansonsten aber ihren Betrachtungen widmete. Wann hatte sie schon Zeit, die Gedanken einfach wandern zu lassen. Zeit, dachte Luise. Arbeit.

17:00

Die Werbung war zum Glück vorbei. Frau Weilers Lippen zitterten vor den leicht geöffneten Zähnen. Wie sie schlafen konnte bei der Lautstärke. Sitzt auf dem Sessel und schläft, dachte Morgans Mutter. Schläft sie? Die Lider zeigen Schlitze. Nicht zu lange hinschauen. Schläft wohl. Trotzdem, bei dem Lärm? Jetzt hab ich Falten hineingebügelt. Wie kann man auch Spannleintücher gebügelt haben wollen. Da kann man direkt zusehen, wie das Material sich dehnt und immer mehr wird vor dem Bügeleisen. Das krieg ich nie glatt.

Wie war das denn für dich, ich meine, der Anfang der Beziehung?, fragte der Moderator noch einmal. Wir haben Zeit.

Das Auto stand noch da, wo hätte es auch sonst stehen sollen; jemand hupte, als sie sich der Tür näherte. Ich weiß, sagte Doris, ihr hättet das sicher besser gemacht. Als sie in die Tasche griff, um den Autoschlüssel hervorzuholen, und darüber nachdachte, dass sich das Hupen wahrscheinlich gar nicht auf sie bezogen hatte, erkannte sie durch die Scheibe das metallische Glänzen des Schlüsselbunds auf dem dunklen Stoff der Sitzfläche, die Schlüssel neckisch aufgefächert. Als wollten sie ihr zeigen, was sie alles zu bieten hätten, wenn sie denn nach ihnen greifen könnte: den Zugang zu Auto, Haus, Wohnung, Arbeitsplatz, Büroparkplatz, zum Schließfach im Fitnesscenter, zum Fahrrad und noch so einigem mehr, das ihr auf die Schnelle nicht einfiel. Sie betrachtete diese Enden ihres Alltagslebens, unerreichbar (was heißt schon unerreichbar, ich werde es doch noch schaffen, ein Seitenfenster einzuschlagen, dachte Doris), und fühlte sich dennoch seltsam zufrieden. Hier lehnte sie ganz ruhig und ihrer Sache gewiss mit dem Oberkörper am Autodach, die Hände auf das Seitenfenster gelegt, ihre Abdrücke würden morgen im Gegenlicht sichtbar sein, und er würde schimpfen, nein, falsch, das lag hinter ihr. Hier stand sie und wusste genau, wo die Schlüssel lagen, sie konnte sich jederzeit davon überzeugen, die Schlüssel waren in Sicherheit. Stell dir vor, sagte Doris, du wärst runtergegangen, unter die Autobahn gekrochen, um nach dem verletzten Tier zu suchen, und hättest dort entdeckt, dass die Schlüssel fehlen. Du hättest keine Ahnung, wo du suchen solltest. Du würdest das Autobahnteilstück an der Baustellenengstelle absuchen bis in alle Ewigkeit.

Dann eben zur Konkurrenz. Vögel zwitscherten aufgeregt im Gebüsch rechts neben Anton, als würden sie um etwas streiten. Das war schließlich nicht das einzige Geschäft auf dieser Welt. Was dachten die eigentlich. Aber die Essensbeschaffung war nur die eine Sache. Er musste was tun, ein Statement setzen, Exempel statuieren. Das war das andere. Sollte die hundertmal neu sein. Das würde ihr auch nichts helfen. Er würde etwas unternehmen, dass der die Kinnlade runterklappte, die Spucke wegblieb, dass die sich anschiss vor Angst … und nicht nur sie. Dahinter standen doch ganz andere. Die sollten alle miteinander merken, dass es so nicht ging. Dass man ihn besser nicht unterschätzte. Dabei war er wirklich ein friedlicher Mensch, der nichts weiter wollte, als dass man ihn in Ruhe ließ.

Wieso fällt eigentlich das Kinn nicht herunter? Ich werde auf alle Fälle leiser stellen, dachte Morgans Mutter. Sicher ist sicher. Nicht, dass sie mir noch aufwacht. Bin froh, wenn ich nicht reden muss.

Bist du bereit? Du warst ja sehr jung, stellte der mitfühlend bildschirmväterlich Fragende fest. Sitzt du bequem? Wir haben alle Zeit, die du brauchst.

Das also, dachte Morgans Mutter. Zu Hause bei Kinderschänders. Umschalten?

17:01

Wenn ich unter die Brücke gegangen wäre, dachte Doris. Wenn ich das Tier getroffen hätte, hallo, sagt der Hirsch, mein Name ist Anton. Ich bin zum Beispiel Anton, und ich verschönere die Landschaft; und dies und das und so weiter, und dann hätte er den Arm nach mir ausgestreckt, und ich hätte ihn weggestoßen, und dann wäre die Tasche runtergefallen, und ich hätte sie an mich gerissen und dann den Schlüsselbund nicht mehr gefunden und mich auf einmal ziemlich wehrlos gefühlt, nackt eigentlich, und nicht mehr gewusst, ob der antonheißende Hirsch die Schlüssel genommen hat, oder ob ich ihn suchen muss, und wenn, wo; und Anton hätte mir ja auch gefallen, der hirschlederne Anton in so schmalen Männerhosen, er wäre dunkel gewesen, vielleicht, nicht mehr ganz jung, aber doch so irgendwie immer jung, so als wäre er im Jahreszeitenzyklus eingefangen, jedenfalls keine glatten Züge mehr, mit halblangen Haaren, Philipp hat ja auch, das hat mir schon immer, sowieso: was hätte ich dann tun sollen? Das weite Feld optimaler Optionen auf die eine zusammengeschrumpft: Verschwinde, so lange es noch geht. Jetzt dagegen, Doris lächelte: der Schlüsselbund (die Rückversicherung) lag sicher drin in diesem sicher verschlossenen Blechkasten, da konnte niemand kommen und sie einfach an sich nehmen wollen, niemand, auch Doris nicht, daherkommen und sie einfach verlieren. Wie geht es mir gut, dachte sie.

Es roch streng. Da hatte ein Tier, nein, Anton schnüffelte (das Gezwitscher verstummte schlagartig), ein Mensch sein Revier gekennzeichnet. Anton lächelte. Normal war das nicht. Singvögel im Jänner. Die heiseren Schreie dieser dunklen Wintervögel, das ja, damit rechnete man, das gehörte zum Winter, diese Krähen und Raben und wie das Getier alles hieß. Aber so richtiges Vogelgezwitscher? Obwohl – er persönlich hatte ja nichts dagegen, wenn es wärmer wurde. Von ihm aus konnten hier auch Palmen wachsen. Nie mehr frieren. Auch nicht schlecht.

Tornadoforscher jagten mithilfe von Geländewagen Sturmtiefs über den Schirm. Sieht ein wenig nach Selbstüberschätzung aus, stellte Morgans Mutter fest. Kanonen auf Spatzen, nein, Spatzen auf Kanonen. Ich hoffe, Mo schafft die Schularbeit. Ich sollte wirklich. Jetzt sage ich auch schon Mo. Berge zum Propheten, nein, auch nicht. Wunderschöne Animation. Wandernde Felsen.

Der Luftdruck im Inneren des Hochhauses wird schließlich so groß, teilte eine Off-Stimme angeregt mit, dass auch auf der gegenüberliegenden Seite die Fenster bersten.

Interessant, sagte Morgans Mutter. Sieht echt echt aus. All die Trümmer werden aufgesaugt und erhöhen die Durchschlagskraft. Kein Flugzeug kann da mithalten. Wozu sie all die Bettwäsche braucht? Hat sie so viele Gäste? Oder wechselt sie täglich die Bezüge? Der Tornado fraß sich unterdessen satt. Umschalten, sagte Morgans Mutter.

Zum Beispiel könnte man etwas in die Dosen spritzen. Oder in Plastikflaschen. Geht bestimmt leichter. Spülmittel zum Beispiel. Besser irgendwas, vor dem ihnen wirklich graust. Genau. Hineinbrunzen sollte man denen. Nein, da haben sie einen sofort. Oder Benzin. Das riecht man auch. Bei Spülmittel dauert das bestimmt ewig, bis das jemand merkt. Und das ist ja nicht der Sinn der Sache. Schnell muss man zuschlagen und hart.

17:02

Das Karosserieblech war eisig. Doris ließ die Hand in die Tasche gleiten – als würde ein neuer Anlauf die Verhältnisse möglicherweise auf Anfang zurücksetzen, was wusste man schon, auf den Versuch kam es an –, fischte das Handy heraus, starrte das Display an, als erhoffte sie sich dort einen Hinweis darauf, was sie unternehmen sollte, um diese ganze ein wenig verfahrene Situation zu einem erfreulichen Ende zu bringen, während ihr Daumen sich wildentschlossen über der Tastatur krümmte. Sie konnte die Polizei anrufen. Was würden die tun? Sie über ihre Rechte und Pflichten aufklären? Ihr eine Rechnung schicken? Oder die Seminarleute. Obwohl, andererseits, wenn man bedachte, was die dann von ihr denken würden, besser nicht. Zu allem zu blöd? Nein. Ja, sagte eine Stimme aus dem Telefon, sie begriff, dass der Daumen offenbar eigenmächtig zur Tat geschritten war, hielt das Handy ans Ohr und sagte: Ja?

Ja, sagte Philipps Stimme, was ist denn?

Oh, sagte sie. Du bist das.

Du hast mich doch angerufen. Also, was ist?

Die Sache ist die, sagte sie. Ich hab die Schlüssel im Auto und …

Tja, sagte er. Da wirst du dir jetzt wohl wen anderen suchen müssen.

Aber, hör doch, sagte sie, da war der Kontakt schon unterbrochen.

Ja, stimmt, dachte sie. In der Sache hatte sie etwas unternommen; viel zu spät, zugegeben. Aber trotzdem. Sie einfach so abzuservieren.

Und weil wir keine Tiere sind, hätte ich gerne einmal die Oberhand, einfach nur so ganz unterderhand die Oberhand in der Hinterhand, das wär doch was, dachte Doris. (Die Wagenfenster. Vielleicht war ja eines davon nicht ganz geschlossen, so was kam vor, immerhin ein Anfang.) Einmal nicht das Gefühl, schon wieder über den Tisch gezogen zu werden, ohne dass man den Finger ausmachen könnte, der auf der anderen Seite zieht, den Hakenfinger, Stinkefinger; aber natürlich passiert immer genau das, wovor man sich am meisten fürchtet, natürlich passiert genau das, man hat da ein ganz spezielles Sensorium, nein, falsch, die andere Seite hat ein ganz spezielles Sensorium, das spürt jede Schwachstelle auf, die man doch eigentlich so gut abdeckt, gerade weil man sie so gut abdeckt, das liegt in der Natur der Sache, also, neue Taktik: Schwachstellen simulieren, wo keine sind, Deckungen aufbauen, hinter denen sich nicht die geringste Leckleistung versteckt, sondern unversehrte makellose glatte Oberfläche, dem gegnerischen Schwachstellenjagdhund falsche Fährten legen. Das sollte helfen. Und jetzt zur Zeit in der aktuellen Situation (sie müsste nur ein Stück Draht finden, mit dem sie den Riegel erreichen und mit etwas Geschick nach oben ziehen können müsste; alles halb so schlimm, wenn sich hier ein Drahtstück auftreiben ließe, wofür allerdings wenig sprach), die aktuelle Situation, von der sie überlegte, inwiefern sie sie jetzt näher an sich heranlassen sollte, denn, argumentierte sie, in dem Moment, wo sie die Bestandsaufnahme der Situation vollendet hatte, waren die Sachverhalte ja in Wahrheit schon wieder ein Stück fortgeschritten, und so, dachte Doris, stellte sich die Frage, ob es sich überhaupt auszahlte, die fragliche Sachverhaltslage zur Kenntnis zu nehmen, und vor allem, inwiefern diese Realität realer sein sollte als zum Beispiel die von vor zwanzig Minuten. Ist ohnehin alles erinnert, dachte Doris. Warum sollte das eine Erinnerte mehr Auswirkungen auf zukünftig mögliche Sachverhaltslagen haben als das andere? Doris seufzte. Wundervoll argumentiert, sagte sie, und außerdem sieht dich keiner, wenn du die Augen zumachst. Also, wo waren wir stehengeblieben? – ja, bei der aktuellen Situation.

Das Problem waren die Telefonzellen. Es gab kaum noch welche. Anton fiel keine ein, die noch funktioniert hätte. Auf dem nächstgelegenen Platz, an dem im Sommer öfter ein paar Kollegen die Bänke besetzten und miteinander tranken, während die Kleinkindeltern einen weiten Bogen um sie machten, hing nur noch das Kabel aus der Zelle. Außer, die Stadt hätte es reparieren lassen. Aber wozu? Braucht heutzutage niemand mehr. Alle selbst voll verdrahtet und vernetzt.

Und sonst? Am Bahnhof. Zu auffällig. Die Leute würden ihn sehen. Und sich erinnern. Und erwischt werden wollte er nicht, das nicht. Das würde denen so passen. Wobei andererseits gerade die Menschendichte wieder ein Schutz sein könnte, genau betrachtet. Nur die Sicherheitsleute waren ein Problem. Da musste er Glück haben, dass sie ihn nicht zu früh als unerwünschtes Element im Bahnhofsalltagsgeschäft erkannten und entfernten. Hatte er alles schon erlebt. Und dann die Kameras. Nein, keine gute Idee. Da war eine einsame abgelegene kleine Telefonzelle besser. Nur wo?

Aber erst einmal, dachte Anton, brauchte er was zu essen. Kalt genossen. Überhaupt.

17:03

Um die Ecke noch. An der nächsten Kreuzung wartete Sid, und dann war es nicht mehr weit. Er wartete doch an der Kreuzung? Oder hatten sie sich direkt beim Supermarkt verabredet? Auch egal. Er würde einfach in aller Ruhe sein Ziel ansteuern. Wozu gibt's Sms.

Und dann Folgendes:
Ein *passement* über den Tisch mit dem aufgehäuften Tortenzeug, immer schön hinein in die Schaumrollen oder was da lag und sich mit Sicherheit so richtig schön zermantschen ließ. Gefolgt von einer *planche*, dem Hochziehen durch reine Armkraft auf das danebenstehende Regal; dann nach links, ein, nun, das Wort würde Mo schon wieder einfallen, ein *saut de bras*, genau, auf das höhere Kühlregal, landen wie ein Tier,

ein hängendes Tier, welches? (eine Fledermaus?, nein, die hingen verkehrt herum), dann wieder hochziehen, er hatte das nach der eingehenden Begutachtung des Geländes genau ausgetüftelt. Auch wenn es kein Freigelände war, denn das war es eigentlich, worauf es ankam, die Überwindung jedes möglichen Hindernisses im freien Gelände, die erfolgreiche Durchquerung jeder beliebigen Strecke, wenn man das konnte, dann war man fit für das Überleben auch unter härtesten Bedingungen, wie Sid sagte, das war schließlich der Sinn der ganzen Technik; zumindest, dachte Mo, wenn das Überleben vom Weiterkommen abhing. Und über die mexikanische Mauer brachte einen das wohl kaum? Und von Gibraltar nach Spanien schon gar nicht. Egal.

Doris fror mittlerweile erbärmlich. Wie kann sich ein intelligent und minutiös geplanter Alltagsablauf nur so auflösen? Von einem Moment zum anderen ein Untergrund so schlagartig wegbrechen, als hätte die Erosion über Nacht ganze Arbeit geleistet, da stimmt doch was nicht, das hätte man doch früher merken müssen, irgendwelche Anzeichen hätten sichtbar gewesen sein müssen, wenn man denn willens gewesen wäre hinzusehen, und zwar rechtzeitig, und nicht erst im Nachhinein. Da ist es leicht. Im Nachhinein weiß man immer alles besser, da sieht man die Zusammenhänge, überall kann man Zusammenhänge sehen, selbst dort, wo keine sind, vielleicht gerade dort, aber das ist dann auch schon gleich. Auf einen Zusammenhang mehr oder weniger kommt es auch schon nicht mehr an, wenn man grad so schön in Schwung ist und die hinter all diesen passierten Zufälligkeiten stehende, oder vielmehr ihnen zugrunde liegende Konstruktion erkennt, inklusive allfälliger Schräglagen, wer wird da kleinlich sein, wenn man sich endlich in aller Deutlichkeit klar machen kann, was das Konzept gewesen sein muss, denn das ist wenigstens was Handfestes, zumindest fast, und zudem kann man sich – ein bisschen – daran freuen, dass man die Sache ganz allein durchschaut hat.

Oben jedenfalls kurz die Aussicht auf sich wirken lassen; eine leichte Unruhe sollte sich bis dahin in den Reihen der Einkaufswütigen breitgemacht haben; das würde ihm Kraft geben für eine perfekte Performance, schon an das nächste Regal denken, den Kamm der nächsten Welle, die sich ihm entgegenstellte; die Täler zwischendrin für ein Abrollen zu schmal, obwohl das auch so seinen Reiz hatte, Brett für Brett durch die italienische Abteilung, die Gläser mit den eingelegten Pilzen, Artischocken, von den Tomatendosen ganz zu schweigen, da würde sicher einiges an Verlusten zu beklagen sein auf Seiten des Regalinhalts, und, wenn man die Regeln genau nahm, durfte am Umfeld nichts verändert werden, aber wer hatte schon Zeit für solche Kleinigkeiten, dachte Mo, auch im freien Gelände konnte man sich schließlich nicht um solche Nebensächlichkeiten kümmern, wenn's wirklich drauf ankam. Sowas passiert, das nimmt man in Kauf. Und Sid hatte gemeint, das sei schon o.k., eine interessante Aktion jedenfalls, bei der Mo seine Kreativität ausreizen könne.

Mehl wäre schön. Wenn er am Mehl vorbeikäme, wie das stauben würde, das Papier würde platzen und eine Wolke, eine Gischtwolke herausspritzen, was für ein Effekt; da hatte er leider nicht dran gedacht, nachzuschauen, wo das steht, kann man nichts machen, vielleicht hatte er Glück, wie auch immer, Konzentration! Von dort zwei, drei *sauts de precision* von Regalkamm zu Regalkamm; ein Problem war dabei allerdings die Raumhöhe, auch wenn die Verkaufshalle höher war als die meisten, ja, dieser Punkt für die Wahl des Terrains den Ausschlag gegeben hatte, obwohl letztlich eine solche Entscheidung immer auch eine Gefühlssache war, ein guter Lauf hing neben der Technik ganz entscheidend vom Gefühl ab; auch wenn die Voraussetzungen also günstiger waren, als zu erwarten gewesen wäre, musste er doch aufpassen. Abschließendes Ausrollen in einer formvollendeten *roulade*; vielleicht noch eine *reverse* über eine der niedrigeren Getränkemauern, wenn sich das vom Winkel her ausging, was er allerdings bezweifelte; er würde scharf bremsen müssen und dann eine enge Kurve nehmen, egal, irgendwie würde sich das schon machen lassen, und auf die *reverse* würde er ungern verzichten, das fühlte sich schwerelos an und sah einfach gut aus. Gefolgt von einem *tictac* an der Kassiererin vorbei, und zwar unter Zuhilfenahme der Wand dahinter, schließlich ein *franchissement* (na gut, das war jetzt nicht ganz korrekt), ein Durchbruch durch die Schiebetür. Sid war begeistert gewesen (auch wenn man ihm die Ausdrücke wieder und wieder erklären hatte müssen), und Sid wartete jetzt schon.

Und vielleicht hätte er mich gegen die Wand gedrückt, gegen den von ihm höchstpersönlich farbtechnisch gestalteten Brückenpfeiler, den ein wenig urbanisierten suburbanen Unort (unter der Brücke), vielleicht hätte er gesehen, dass ich nackt bin (mir ist kalt), und ich hätte irgendwas Nettes, Aufmunterndes gesagt, zum Beispiel, dass die Welt, wie sie ist, dabei ist, zu verschwinden. Das ist sie doch dauernd, hätte er gesagt, dachte Doris.

17:04

Der Nächste, sagte eine Verkäuferin und blickte fragend in die Menge. Von dem da, sagte Erich und wies mit dem Zeigefinger durch das Glas, und ganz fein aufgeschnitten, wenn es möglich ist. Die Verkäuferin zog die Brauen unter den scharf gescheitelten dunkelroten Haaren hoch. Sie war durchaus hübsch, wenn auch der Mund ein wenig schief im Gesicht lag und ihr Blick keine rechte Verbindlichkeit aufkommen lassen wollte, so als betrachte sie seine Bemerkung schon als zu deutliche Äußerung des Zweifels an ihren professionellen Fähigkeiten. Ein Viertel, bitte, fügte er hinzu, doch das rief keine weitere Reaktion hervor, kein Heben der Lider, keine Regung des Gesichts, die er als freundlich hätte deuten können. Sie zog Plastikhandschuhe über, als ginge es um einen chirurgischen Eingriff, nahm ein Stück Parmaschinken, dessen Gestalt noch deutliche Auskunft über die ursprüngliche Platzierung in der tierischen Anatomie gab: ein Oberschenkel, schlug das Papier zurück und schob die dunkle Schnittfläche, deren Querschnitt zweifellos dem eines Schweinebeines glich (nur ohne Knochen, wo war der Knochen?) sachte dem Sägeblatt entgegen; und Erich erinnerte sich plötzlich an die Extrawurst, die er als Kind immer von der Fleischerin bekommen hatte, und die dieselbe Farbe gehabt hatte wie die feisten Arme, die aus dem kurzärmligen Kittel der Frau herausgeschaut hatten, und auch das wohlige Grausen überfiel ihn wieder, das die Vorstellung hervorgerufen hatte, sie schneide diese kreisrunden Scheiben heimlich von ihrem Körper ab. Allein dieses Grausen hatte ihn das Extrawurstblatt jedes Mal annehmen lassen, auch wenn ihm der Geschmack schon damals reichlich fade vorgekommen war.

Ein Auto bremste, fuhr zögernd vorbei, blieb vielleicht 20 Meter vor ihr am Pannenstreifen stehen, ein Mann stieg aus, rief: Was ist los? Er kam näher, gefolgt von einem zweiten, und unwillkürlich sah Doris sich um: das Verkehrsaufkommen hatte deutlich nachgelassen. Haben Sie Probleme?, fragte die zweite Stimme, erst jetzt erkannte Doris, dass es sich um eine Frau handelte.

Ich versuche, sagte Doris. Ich habe den Schlüssel eingesperrt.

Na, wie hat denn das passieren können?, fragte der Mann mit leichtem Schulterzucken, das deutlich zeigte, was er von einer Frau dachte, die dumm genug war, den Schlüssel im Auto liegen zu lassen und dann auch noch die Tür von innen zu verriegeln. Der Mann stand jetzt neben ihr und runzelte die hohe Stirn. Er sah ihr direkt ins Gesicht; sein Gesicht war schmal, wie frisch modelliert; der Schlagschatten eines vorbeiziehenden Lichtkegels zeichnete die Hebungen und Senkungen, Nase und Wangenknochen sekundenlang scharf nach, das Kinn war zweigeteilt. Nicht unattraktiv, stellte Doris fest. Sie suchte den Blick der Frau, doch die hatte sich einem Hund zugewandt, der zu ihren Füßen saß und von dessen Kommen Doris nichts bemerkt hatte. Die langen Haare verdeckten ihr Gesicht, die Frau schien mit dem Tier zu reden. Die Hand klopfte auf die Flanke, und der Hund erhob sich, schwarz und riesenhaft, als sei er aus einer Ansammlung von Dunkelheit spontan entstanden.

Waschmittel, dachte Horst. Das Waschen war ihm irgendwie lieb geworden. Es gab ihm das Gefühl, dem naturgesetzmäßigen Verfall ein wenig entgegenzuwirken, Tag für Tag ein wenig Frische und Neuanfang in den Tag zu bringen; so schwer es ihm gefallen wäre, es zu erklären: es gefiel ihm. Auf einmal, dachte er, ganz beiläufig, übertritt man die Grenze, die die Normalität vom Ausnahmezustand trennt, verlässt die Stadt, die eigene Kleidung, bekommt hinten offene bindbare Anstaltsüberwürfe übergestülpt und findet sich in dieser Krankenhausparallelwelt, in der man nichts mehr zu sagen hat, diesem Hohlspiegelbild einer Ansiedlung mit einer Hauptstraße, die sich zur Kirche hinaufzieht, repräsentativen Hauptgebäuden entlang der Prachtalleen, Wirtschaftsbetrieben, Großküche, Wäscherei und Abfallverwertungeinrichtungen aller Art in den vernachlässigbareren Gegenden, wo die Angehörigen bedürftiger Bevölkerungsschichten eine Verwendung und möglicherweise ein Auskommen finden; und alles wird zusammengehalten durch ein Netz von unterirdischen Verbindungsgängen, deren Ausdehnung wie die eines Pilzmyzels weit über die Größe der aus dem Untergrund herauswachsenden Teile hinausgeht. Da war das Sanatorium besser, auch wenn es nichts half, denn das, dachte Horst, steht uns nur mehr so lange offen, so lange es sich rentiert, so lange noch Heilung zu erwarten ist, als ob die je zu erwarten gewesen wäre. In uns ist von Anfang an der Wurm drin, ein therapieresistenter Sterblichkeitsvirus, und dann, wenn der zum Tragen kommt und spruchreif wird, das war Horst klar geworden, dann konnte man gar nichts mehr steuern, da half die beste Zusatzversicherung nicht mehr, dann wurde man auf die lange Sterbebank geschoben und gute Nacht. Was gäbe ich für einen schnellen schönen guten Tod, dachte Horst. Und überhaupt, was fehlte jetzt eigentlich noch?

Oswald trank. Warum nicht trinken, wenn die Gelegenheit sich ergibt, man muss die Feste feiern, wie sie fallen, nicht wahr?, sagte er zu dem Mann, der neben ihm am Schaumweinstand lehnte (da der Blickkontakt, den er mit der arroganten Dame daneben aufzubauen versucht hatte, einfach nicht klappen wollte), was der nur bejahen konnte, bevor er wieder die Diskussion über Seillängen aufnahm, in die er mit dem etwas anämischen, wie Oswald dachte, Verkäufer verstrickt war: Wenn man nämlich saubere Arbeit leistet, passiert sowas nicht.

Was?, fragte Oswald, und wusste im selben Moment, dass es ein Fehler war.

Na, dass es ihm den Kopf abreißt.

Oswald versenkte seine Nase im Glas und bemühte sich, an Michaela zu denken.

Bei dem letzten, sagte der Mann, bei dem Dicken, den sie als letzten gehenkt haben. Sie wissen schon. Ist ein Risiko, wenn der Fallstrick zu lange ist.

Der Verkäufer fixierte den Mann neben Oswald: Haben Sie die Videos gesehen?

Videos?, wiederholte der Angesprochene und bewegte das Wort abwägend wie ein Weinkenner im Mundraum. Na, sagte er dann, was sie eben gezeigt haben von den Hinrichtungen. Sieht man aber nicht viel. Ich hab gedacht, da sieht man mehr, wenn sie schon so ein Theater darum machen.

Oswald beschloss, dass es an der Zeit war, den Einkauf fortzusetzen. Er hatte nicht das Bedürfnis, sich die Stimmung durch politisches Gewäsch unbedarfter Wirtshausphilosophen verderben zu lassen, auch wenn die sich neuerdings in Supermärkten verbreiteten.

Nicht dass es schad um die gewesen wäre, sagte der Mann.

Die Firma dankt, sagte Oswald in Richtung des Verkäufers, der nur mit den Schultern zuckte und seine Aufmerksamkeit wieder ganz dem Mann neben Oswald zuwendete. Oswald zögerte, kam schließlich zu dem Schluss, dass eine kleine abschließende Bemerkung nicht schaden könne, drehte sich noch einmal um:

Sagen Sie das nicht. Die werden sich den Saddam noch zurückwünschen, die Amerikaner. Das sag ich Ihnen.

17:05

Mit einer Fernbedienung wär das nicht passiert, sagte der Mann.

Danke, sagte Doris, ich schaff das schon; sie umrundete das Auto, brachte Abstand zwischen sich und den Mann, der jetzt fachkundig an den Türen rüttelte. Der Hund setzte sich in Bewegung, blieb stehen, um zu schnüffeln, lief weiter, elegant und erstaunlich schnell; in die andere Richtung, flüsterte Doris, komm, sei brav.

Sieht nicht sehr schwierig aus, das Schloss, sagte die Frau. Doris suchte den Bewuchs der Böschung mit den Füßen nach Steinen ab, doch sie brachte nur kleine runde Flusskiesel zum Vorschein. Schwemmland?, dachte Doris.

Ein Schraubenzieher sollte reichen, sagte der Mann. Ich schau mal im Kofferraum. Das werden wir gleich haben.

Anna K. öffnete das Gartentor, stellte die Einkäufe kurz auf der steinernen Beeteinfassung neben den Kiesweg ab, bevor sie das Tor wieder sorgfältig schloss; sie hatte vergessen zu läuten, was sie sonst immer tat, einfach um ihren Mann davon in Kenntnis zu setzen, dass sie jetzt wieder da war; früher einmal war er dann zur Tür gekommen und hatte ihr auf den letzten paar Metern mit den Einkäufen geholfen. Sie fand ihn schließlich in der Garage; er hob den Kopf, fokussierte mühsam, erkannte sie, klappte das Handschuhfach zu, kletterte aus dem Auto, da ist was nicht in Ordnung mit dem Schließmechanismus, sagte er, und sein Gesicht war schweißbedeckt. Anna übersah das, wie sie so vieles übersehen konnte; das war der Preis dafür, dass sie die Sache so einigermaßen im Griff hatte, und das war schließlich der entscheidende Punkt; und sie erwartete keinen Dank dafür. Komm, sagte sie. Auch wenn ihr manchmal schien, dass die Nachbarn sie seltsam musterten; im Grunde wusste sie, dass das nur das Produkt ihrer überreizten Phantasie war. Kein Wunder, übrigens, dachte sie und lächelte in sich hinein; soviel Humor musste man schon aufbringen in ihrer Situation. Nein, sie tat ihr Bestes, und das war gleichermaßen das Beste für ihn, musste es sein, es kannte ihn schließlich niemand so gut wie sie, und sie tat wahrhaftig alles Menschenmögliche, um die Situation unter Kontrolle zu halten und die Wogen zu glätten. Komm, sagte sie noch einmal, du verkühlst dich.

Urin ist steril, dachte Luise, während sie das Glas betrachtete, in dem noch ein kleiner schaler Rest der hellgelben Flüssigkeit stand; Alkohol auch, könnte man Wunden mit Urin desinfizieren? Eine echte Pfadfindermeth … was war das jetzt für ein absurder Gedanke? In welch dubiose Richtung schweifte sie da ab? Und weil der Schaumwein bis jetzt noch keine Wirkung zeigte, (die Gläser waren wohl kleiner als gewöhnliche), nickte Luise in Richtung der ihr fragend hingehaltenen Flasche; vielleicht half das ja. Einfach zum Nachschenken!, sagte der Nachbar. Damals am Klo jedenfalls, so lange war das noch gar nicht her, wie sie das gerne glauben wollte, eine andere

Luise, der solche Fehler unterliefen, jedenfalls, sie hatte sich gerettet, das war die Hauptsache, darauf konnte sie stolz sein, und weil die Situation ohnehin schon aussichtslos, haltlos gewesen war, hatte sie ihr nachgegeben: Sie hatte noch einmal die Augen geschlossen und in einer fulminanten Schlussanstrengung den vor Schreck unterbrochenen Harnstrahl noch einmal zu voller Stärke anschwellen lassen. Dann hatte sie sich aufgerichtet und die Hose begutachtet, deren feiner Wollstoff sich am Hintern dunkel vor Feuchtigkeit zusammenzog. Ihr Herz schlug heftig; sie konnte sich nicht daran erinnern, dass ihr Herz je so heftig geschlagen hatte. Sie drehte sich um: Urin tropfte vom Klodeckel auf den Boden und spritzte die Beine hoch; sie sah zu, während sich die Haut unter den Haarwurzeln vor Scham schmerzlich zusammenzog. Luise bückte sich, was den Blutstau im Kopf noch verstärkte, doch den beachtete sie nicht, das war ihr egal, und begann aufzuwischen, das wenigstens konnte sie tun, dann riss sie sich hoch: das war nicht ihre Aufgabe, das war entschieden nicht ihre Aufgabe, dafür wurde sie nicht bezahlt. Ihre Stärke lag woanders, sie musste, wie stets in Krisensituationen, das Gesetz des Handelns in die Hand nehmen und nicht den Wischfetzen – sie lächelte matt –, das war das Einzige, was zählte, und vor allem die Lösung für das Problem finden, wie sie hier unbeschadet und vor allem ungesehen herauskommen sollte. Darauf hatte sie ihre Kräfte zu konzentrieren, und das tat sie auch: Was also war da an Umständen, die sie sich zunutze machen konnte?

Erstens, und das war am allerwichtigsten, es gab eine Hintertür, die nicht weit von den Toiletten entfernt war, das wusste sie, sie war schließlich nicht zum ersten Mal an diesem Veranstaltungsort, bis dahin müsste es zu schaffen sein, und gar

nicht erst dran denken, was sie sagen könnte, wenn sie jemanden traf. Sie würde einfach niemanden treffen.
Zweitens: Ihr Mantel war lang genug, um das Ärgste zu überdecken, und da war Händetrockner, mit dessen Hilfe sie versuchen konnte, die deutlichsten Spuren zu beseitigen. Damit sie wenigstens im Taxi nicht stank wie eine Obdachlose. Sie spreizte die Hose mit beiden Händen vom Hintern ab und ließ warme Luft hineinströmen, die Nässe hatte sich bereits bis in die Unterwäsche ausgebreitet.

Was sage ich Ferdinand, hatte sie noch gedacht, das wohl, das hatte sich nicht unterdrücken lassen, und ein paar Eventualitäten erwogen (würde er ihr Übelkeit abnehmen? Und wenn ja, was würde er daraus für ihre Zuverlässigkeit folgern? Würde man ihr plötzliches Verschwinden nicht doch mit dem versauten Klo in Verbindung bringen?), während sie die Hose föhnte, dann hatte sie Stimmen gehört, den Mantel an sich gerissen und gerade noch rechzeitig den Raum verlassen, um den beiden Männern nicht ins Gesicht blicken zu müssen, die die Stiege hinunter kamen: es waren Männer, die hätten keine Gefahr am Frauenklo dargestellt, Fehlleistung, betrübliche Fehlleistung, Augen zu und durch, sie war in die andere Richtung gegangen, in Richtung des Ausgangs, hatte sich daran gehindert zu laufen, nur nichts Auffälliges, ganz ruhig, doch mit bestimmten Schritten, die keinen Zweifel daran ließen, dass sie wusste, wo sie hinging und viel zu beschäftigt war, als dass man sie hätte anreden dürfen. Sie hatte nach wenigen Metern die Tür erreicht und mit feuchten Fingern geöffnet: Urin, hatte sie noch gedacht, ist beim gesunden Menschen prinzipiell steril.

Während der Mann sich auf den Weg zu seinem Auto machte, die Frau weiterhin an der Leitplanke lehnte, jetzt mit zurückgeworfenen Haaren und rauchend, fand Doris einen Stein, der ihr groß genug schien, warf das rechte hintere Wagenfenster ein, was zweier Anläufe bedurfte, da sie beim ersten Mal zu zaghaft zuschlug, wand den Unterarm vorsichtig an den Bruchkanten vorbei, öffnete die Tür und stieg über die Glasscherben, die glitzerten wie eine Werbung für facettenreiche Diamantimitationen. Die Frau hatte schon sich wieder in Bewegung gesetzt, als Doris den Schlüssel ins Zündschloss steckte, sie rief dem Mann etwas nach, das Doris nicht verstand; danke!, brüllte Doris ihr zu, so gut es aus dem Auto heraus ging, sie hatten schließlich helfen wollen. Fast wunderte sie sich, dass der Motor sofort ansprang, das war aber auch das einzige, das glatt ging. Im Rückspiegel sah sie so gut wie nichts, sie fuhr blind vom Pannenstreifen, die Knie waren kapitulationsbereit, und das Aufbringen des nötigen Drucks auf die Pedale erforderte alle Konzentration; die Hände schienen krampfen zu wollen. Ich muss nach Hause fahren, dachte Doris, so schnell wie möglich. Hoffen wir nur, dass ich dazu noch in der Lage bin. Sie nahm die nächste Ausfahrt und folgte der verschlungenen Zubringerstraße zur Gegenfahrbahn.

Ferdinand hatte es jedenfalls nie erfahren, sie hatte ihr Verschwinden mit einem dringenden Anruf begründet, Emil, du verstehst, gesagt, aber er hatte nicht einmal nachgefragt. Luise hob das Glas zum Mund, sah die Flüssigkeit, die aufdringlich perlte; gute Weine hatten feinere Bläschen, aber was wollte man hier drin erwarten – sie erinnerte sich nicht mehr, wie der letzte Schluck geschmeckt hatte, und auf die

Frage des Verkäufers, was sie zu dem Tropfen sage, hätte sie beim besten Willen keine Antwort geben können; natürlich, jetzt kam das. Fragebogen, nur drei Minuten. Kostbare Zeit. Großer Dienst. Umsonst ist gar nichts. Nicht einmal. Nicht wahr, sagte der Verkäufer lächelnd, da schmeckt man gar nicht, dass kein Alkohol mehr drinnen ist. Die Fleischtheke. Er wies auf das Etikett. Alkoholfrei! Natürlich. Jetzt hatte sie noch immer nichts gegessen. Ich muss dann, sagte Luise. Zitterpappel, dachte sie.

17:06

Und was, wenn er das Waschmittel bereits gekauft hatte? Was, wenn er gestern Abend bereits genau das Gleiche gedacht hatte wie heute, wenn er gestern bereits einkaufen gegangen wäre und haarscharf dasselbe gekauft hätte; er versuchte sein Gedächtnis zu durchforsten und sich davon zu überzeugen, dass es bezüglich eines potentiellen gestrigen Einkaufs ein unbeschriebenes Blatt war, frisch und unschuldig wie der junge Morgen. Irgendeine Erinnerung daran hätte er schließlich haben müssen. Schon der sicherste Weg, das war Horst klar, sich selbst in den Wahnsinn zu treiben, wenn man anfing darüber nachzudenken, wie es sich wohl anfühlen könnte, den Verstand zu verlieren, die Denkfähigkeit oder zumindest das Kurzzeitgedächtnis, und woraus genau man jetzt mit Sicherheit schließen konnte, dass es noch nicht so weit war. Im Übrigen war er noch nicht so alt. 72 war noch nicht wirklich alt heutzutage. Aber er hatte schon einiges mit angesehen im Freundeskreis, was er noch vor fünf Jahren nicht für möglich gehalten hätte.

Wieder passierte Doris den einspurigen Abschnitt – zum wievielten Mal heute? –, und im Rückspiegel meinte sie, den Lichtbogen einer weggeworfenen Zigarette zu sehen; doch die Frau musste längst weg sein. Vielleicht hätte ich doch hinunter gehen sollen, dachte sie. Den Hang entlang wäre der Abstieg nicht weiter schwierig gewesen. Die Körperöffnungen hätten sich ganz ohne Umstände gefunden, ganz beiläufig eine kleine interne Stichflamme gezündet, die es schwer gemacht hätte, exakt zu sagen, wo der eine Körper aufhörte und wo der andere anfing.

Tobias ging auftragsgemäß die Getränkeregale ab, die die Fensterfront verstellten, es hatte wieder Klagen gegeben über die Außenansicht; die Leute passten nicht auf, stießen an den Halterungen an und brachten die Flaschen zu Fall, die dann zwischen den Regalrückseiten und den Auslagenscheiben verschwanden und von außen ein einigermaßen unordentliches Bild boten, und das wollte die Frau Marktleiterin doch nicht auf sich sitzen lassen. Da sah er schon den orangefarbenen Leib einer Plastikflasche; obwohl er in die Hocke ging, musste er sich verrenken, um an den Flaschenhals zu kommen, noch dazu, wo das Ding bis zur Hälfte unter den untersten Regalboden gerollt war und dort feststeckte. Er holte also das Äußerste an Dehnung aus seinem Schultergelenk heraus (er befand sich jetzt beinahe in Augenhöhe mit einem Turnschuhpaar jenseits der Fensterscheibe), umklammerte den Schraubverschluss mit zwei Fingern und zog vorsichtig daran. Diese verdammten Architekten sollten einmal hier arbeiten müssen!, dachte er, nicht zum ersten Mal. Tatsächlich handelte es sich um einen in der Kaffeekammer sehr beliebten Fluch; Tobias hatte ihn sich zugelegt, kaum dass er hier angefangen hatte, und war schon fast davon überzeugt, dass er sein Urheber war. Einer der Turnschuhe bewegte sich. Das Sohlenprofil kam ihm bekannt vor, vielleicht handelte es sich um die Schuhe, auf deren Ankauf er letztens verzichtet hatte nach dem eingehenden Studium des Preisschildes. Schweigend und mit hochgezogenen Schultern war er aus dem Geschäft gegangen. Doch, bestimmt, sie waren es; jetzt stellte sich die Sohle auf und würde wohl einen Abdruck auf der Scheibe hinterlassen. Die Flasche begann, erste Anzeichen des Entgegenkommens zu zeigen, Tobias versuchte, sie mit der ganzen Hand zu fassen, jetzt musste er nur aufpassen, dass er sie dabei nicht versehentlich weiter nach hinten stieß; sehr trickreich, die Angelegenheit. Die Oma hatte er fragen wollen, die würde vielleicht ein Einsehen haben, von dem lächerlichen Lehrlingsentgelt konnte man sich so etwas nicht leisten, Frechheit eigentlich, und die Mutter, naja, das war eine andere Geschichte. Wie war der Kerl da draußen zu dem Geld gekommen? Tobias sah an den Beinen hoch: so reich sah der auch nicht aus, keine Markenjeans, wenn man ihn fragte, obwohl, wenn er sich diese Sneakers leisten konnte … Er stellte die Flasche zurück ins Regal, an die Spitze einer Reihe, deren uniforme Mitglieder er exakt auf Kante ausrichtete, stieß ein empörtes Schnauben aus und setzte seinen Weg fort.

Und plötzlich von den eigenen Kindern abhängig zu sein. Seltsame Vorstellung. Aber seltsamerweise nicht wirklich beunruhigend, fand Horst. Komisch eigentlich. Dass man seinen Stolz so unauffällig unterwegs verliert. Am Wegrand liegenlässt. Tut man das? Oder wandert der in andere Bereiche ab? Er steckt sich neue Ziele, dachte Horst, das ist es. Abhängigkeit ist für den Stolz kein Thema mehr. Der findet sich andere. Horst war immer noch bereit, mit den Kindern zu streiten, wenn es sein musste. Wenn es um die Geburtenrate ging, zum Beispiel. Sie starben aus. Kapierten sie das nicht? Die ganze westliche Welt, dachte Horst, war im Begriff, wegen Nachwuchsmangels den Löffel abzugeben, und ihm selbst blieb nichts mehr, als einfach dabei zuzusehen, Sieglinde zu pflegen, so lange, bis seine Sprößlinge an seinem Grab vielleicht erkennen würden, dass sie die nächsten waren, die mit dem Sterben dran sein würden, dass sich Generation um Generation nach vorne schob wie die Zahnreihen eines Hais, um schließlich nach ausreichendem Gebrauch über die Kante zu fallen, und dass da neben ihnen, hinter ihnen eigentlich, um bei dem Bild zu bleiben, etwas Entscheidendes fehlte. Und dass es jetzt zu spät war, um etwas dagegen zu unternehmen.

Dann, sagte Susi, die Älteste, in solchen Fällen, müsstest du dich doch freuen über all die kinderreichen Neuzugänge. Aber das sind doch nicht wir, wollte er entgegnen, siehst du denn nicht, dass die unsere Kultur nicht fortführen werden, dass die uns schlicht und ergreifend verdrängen und ablösen werden (denn in seinem Alter, fand er, durfte, nein, musste man die Dinge beim Namen nennen, da war es nichts als Schwäche, um den heißen Brei herumzureden, er wurde wütend), und genau genommen haben wir es nicht besser verdient!, doch das süffisante Lächeln, das er seit der Pubertät an ihr kannte und das sich höchstens marginal verfestigt hatte, ließ ihn erkennen, dass sie ihn mal wieder provozieren wollte, und so schwieg er: Sein Mädchen war schließlich nicht blöd. Sie legte natürlich noch eins drauf, sie konnte nicht anders, hatte noch nie anders können: Im Grunde hast du ja recht.

Ohne restriktive Einwanderungspolitik keine Illegalen. Und ohne Illegale keine billigen Ganzjahrestomaten. Plastiktomatensklaven, sagte sie, und da musste er dann doch lachen.

17:07

Coolness ist überhaupt das Gebot des Augenblicks, dachte Luise vor dem breitkarierten Rücken eines graumelierten Mannes, der tatsächlich ein Holzfällerhemd über einem Rollkragenpullover trug; nicht zu fassen. Der träumte wohl von einer Huskyschlittenheimkehr in eine eingeschneite Blockhütte nach Einbruch der Dunkelheit. Und zwischen zusammengebissenen Zähnen hatte Ferdinand sie wissen lassen, dass er sich noch allzu gut an einen Anruf erinnern könne, den er getätigt habe, einen informellen Anruf informativen Charakters (oder einen informativen Anruf informellen Charakters?) bei der Pressesprecherin des zuständigen Ministers, von dem er nun zwar sicher sei, dass er keinerlei Auswirkung auf den Prozessausgang (die erste Worthälfte, betont geschärft, senkte er bedächtig und genussvoll in ihr Fleisch), aber diese Information in falschen Händen ..., und spätestens da hatte er begriffen, dass er sich eben selbst eine Grube schaufelte; sie brauchte nur zu sagen: also ich weiß von nichts, und genau das tat sie.

Im Wohnzimmer beschwerte sich Herr K., dass es keine Nüsse mehr gebe, und fragte, ob sie etwa vergessen habe, Nüsse zu kaufen, dabei hatte er ihr extra gesagt, sie solle die Nüsse nicht vergessen; überhaupt komme es ihm so vor, als ob sie immer irgendetwas vergesse, meistens das, was er sich am meisten gewünscht habe, und da frage er sich natürlich, warum sie ihn überhaupt fragte, ob sie ihm irgendwas mitbringen solle, wenn sie es dann ohnehin vergaß, und weiter frage er sich allerdings, ob sie das vielleicht absichtlich täte. Anna K. schwieg und verteilte die Einkäufe auf Kühlschrank und Vorratskästen; sie wusste, es war am besten, wenn sie schwieg, wobei auch das gefährlich werden konnte, denn zu langes Schweigen konnte er auch wieder als aggressiv und gegen sich gerichtet auffassen; ja, sagte sie schließlich, wenn es dir so wichtig ist, dann geh ich eben noch einmal.

Ein Gurren setzte ein, ein Gurren wie von Tauben oder Hühnervögeln – nein, die gurrten eher nicht – schwoll an, stoppte abrupt, um kurz darauf erneut zu beginnen; die Frau, die sich gerade vorgedrängt hatte, sah ihn vorwurfsvoll an, und dem Journalisten Erich W. wurde mit Schrecken klar, dass es sich um sein eigenes Handy handeln musste, an dessen Einstellung er vorhin im Auto etwas optimieren hatte wollen, wohl mit diesem Ergebnis. Er kramte in seinen diversen Taschen, bis ihm einfiel, dass er das Headset bereits umgeschnalllt hatte, und er begann, an dessen Knopf herumzufingern. Ja, sagte er rasch, nur um das peinigende Geräusch abzuwürgen, und wunderte sich, wie er zu diesem Klingelton gekommen war, vermutlich hatte seine Tochter da was draufgeladen, sie konnte sich stundenlang mit so etwas beschäftigen. Er musste doch einmal ein ernstes Wort diesbezüglich …

Ist recht, sagte er, leiser diesmal, und die Frau neben ihm wandte sich wieder ihren Bestellungen zu; erst jetzt bemerkte er, dass seine Verkäuferin offenkundig auf eine Antwort wartete, du, warte, sagte er zu dem in Kinnhöhe schwebenden Empfangsteil, und: Nein, das wär's.

Luise lachte leise hinter dem sich windenden Holzfäller, während der Lehrling Tobias vor dem Eingang versuchte, möglichst imposant und in Vertretung der Konzernleitung aufzutreten, als er die Bettlerin aufforderte, ihren Platz zu räumen, was sie ohne weitere Umstände tat, sie packte ihren Polster und den Sammelkorb in eine Tasche und erhob sich, und ihr mangelnder Widerstand spornte Tobias an, sodass er ihr noch eine Handbewegung nachwarf, die ein lässiges Verscheuchen andeutete wie vielleicht das eines Spatzen von einem sommerlichen Wirtshausgartentisch.

17:08

Anton fuhr die Zeilen des Telefonbuchs mit einem behandschuhten Finger entlang, soviel Geistesgegenwart muss der Mensch haben, nur der Finger zitterte. Der Straßenname war kaum zu entziffern. Dennoch gelang es ihm, die Geldstücke einzuwerfen, zu wählen, und durch die Maschen des Wollgewirks spürte er, wie kalt das Metallgehäuse des Telefons war. Hatte er sich nicht vor gar nicht so langer Zeit über die hohen Temperaturen gewundert, wie war er drauf gekommen?

Was kann ich für Sie tun?, fragte eine übernächtigte Frauenstimme.

Bomb!, sagte Anton. Das Wichtigste rüberbringen. A bomb in the supermarket. Danger! Dann legte er auf und schlug das Telefonbuch zu. Bloß keine Spuren.

Das dürfte reichen, dachte er. Er war mit sich zufrieden, als er die restlichen Münzen hinter der Klappe herausholte; früher hatte man dann und wann vergessenes Retourgeld finden können. Das müssten sie begreifen. Sogar die.

Später auf der Straße dann war er sich nicht mehr so sicher. Er hatte gedacht, dass er jetzt möglichst schnell möglichst viel Abstand bringen müsste zwischen sich und den Ort der Handlung. Des Anrufs. Jetzt müsste dort schon die Hölle los sein. Was würden sie machen? Das Geschäft räumen? Anton versuchte, das Gefühl der Erleichterung zu empfinden, das zu erwarten gewesen wäre. Er hatte schließlich einen Vorsatz in die Tat umgesetzt. Er hatte gezeigt, dass mit ihm zu rechnen war. Wenn auch anonym, aber schuldig war er sich schließlich nur selbst etwas.

Wir werden nicht zulassen, dass Menschen, die ohnehin aufgrund mangelnder Ausbildung und nicht selten auch durch persönliche Krisen bereits benachteiligt sind, durch den flächendeckenden Verlust an Arbeitsplätzen weiter ins Abseits geraten, sagte ein Mann im Anzug.
Behördensprecher?, fragte sich Morgans Mutter. Die tragen Anzüge. Wovon redet der? Mindestlöhne zerstören Jobs, sagt er. Nein, Vertreter der Wirtschaft. Welcher Wirtschaft? Keine Ahnung. Geht mich nichts an. Die fettleibige Frau neben ihm widerspricht, klar, dafür haben sie sie eingeladen. Eingeladen? Angekarrt. Schöneres Unterschichtsexemplar haben sie wohl nicht auftreiben können. Die Information, dass es arbeitslos auch noch ist, wird dankenswerterweise eingeblendet. Man weiß ja sonst nicht, woran man ist. Ich habe Bettwäsche noch nie gebügelt.

Die Unterschicht, sagte Morgans Mutter, bin ich! Frau Weiler seufzte.

Überhaupt, diese Anrufe. Immer zwei, drei knapp hintereinander. Dann wieder wochenlang nichts. Sobald Luise dranging, was sie allerdings nur die ersten paar Male arglos getan hatte, brach die Verbindung mit einem Knacken ab. Die Netzbetreibergesellschaft samt ihrem Callcenter war natürlich unzuständig und hoffnungslos überfordert; die neue Nummer hatte lediglich eine Pause von ein paar Wochen bedeutet, dann war es wieder losgegangen. Was den Kreis der Verdächtigen entschieden eingrenzte, denn einmal konnte man vielleicht durch Zufall an ihre Nummer kommen, ein zweites Mal nicht. Wer kam da in Frage? Presse, Partei, Babysitterin, das wollte Luise dann doch nicht glauben, aber hatte sie die nicht vor kurzem ausgewechselt? Müsste man mal überlegen, ob das zeitlich in irgendeinem Zusammenhang zu bringen … Wie auch immer, irgendwer bleibt immer auf der Strecke, irgendwer fühlt sich immer gedemütigt und übergangen, so schnell kann man gar nicht schauen, hat man schon wieder jemanden an den Rand gedrängt oder gegen die Wand, und wenn der sich dann nicht wehren kann oder nicht gewohnt ist, was einzustecken, und dann ist der womöglich der Freund der Sekretärin von irgendwem, und die lässt dann die Nummer rüberwachsen, dann kann das schon passieren. Doch eine beiläufige Anfrage bei Ferdinand hatte nichts ergeben; gut (oder vielmehr: gar nicht gut), allzu viel Mühe hatte der sich auch nicht gegeben. Und sie hatte nicht weiter nachgefragt, wie hätte denn das ausgesehen.

Er war der Siebente in der Schlange, nein, der Achte sogar, und das direkt unter dem Schild, das bereits den Sechsten dazu aufgefordert haben müsste, die Öffnung einer weiteren Kassa zu verlangen. Aber natürlich hatte niemand den Mund aufgemacht, niemand sein Recht eingefordert – das ehrlich erworbene Recht des Konsumenten! –, das würde wieder einmal er erledigen müssen; höchstens maulen können sie, so ist das doch, dachte Oswald, bis es wieder zu spät ist, und dann gibt es Tote. Er würde sich Gehör verschaffen.

Kassa, bitte!, brüllte er, und anschwellende Zustimmung trug seine Stimme weit nach hinten in die Tiefen des Supermarkts, dorthin, wo die Verantwortlichen zu vermuten waren; schließlich zahlen wir dafür, nicht wahr?

Ganz richtig, sagte die Frau vor ihm.

Jetzt können sie auf einmal reden, wenn einer erst den Weg geebnet hat, das wohl, immer schön brav anschließen, aber nie auffallen, nie aus der Reihe tanzen, unter keinen Umständen der Erste sein, der etwas unternimmt, die Ersten beißen die Hunde, das weiß man ja.

17:09

Die geplante Entführung eines muslimischen Angehörigen der Luftwaffe; nicht schon wieder. Dann lieber zurück zum Kinderschänderkanal. Sie wird bald aufwachen, dachte Morgans Mutter, als sie nach dem nächsten Wäschestück griff. Sollte mir besser Zeit lassen. Bringt ja nichts.

Das Video der Hinrichtung sollte …

Ein Nachthemd. Auch gut. Wo ist jetzt dieser Sender? Der Tornado hatte inzwischen eine Kirche entblättert. Das Stiegenhaus war stehen geblieben. Doch wer würde im Turm einer Kirche auf einen Tornado warten? Auf einen F2-Tornado, um genau zu sein. Klingt wie ein Abfangjägermodell. Diese Show ist nicht mehr zu finden. Schön die Knöpfe umschiffen. Und dann der Wasserklang. Schwappt am Umkehrpunkt. Muss man doch an Seefahrt denken. Es kommt ein Schiff, geladen mit Wasserdampf. Ich werde nachfüllen müssen, stellte Morgans Mutter fest, als der Sender auf Hundefutterwerbung umgestiegen war. Na, endlich. Hunde sind immer gut.

Da geh hinein, sagte Lilli leise und zum wiederholten Mal zu sich selbst. Mit der Haube und der Brille sieht man eh nichts mehr, zum Glück. Also geh. Wo wir hin sollen, darüber denken wir später nach, jetzt denken wir erst einmal ans Essen, du musst schließlich was essen, und die anderen beiden in der Wohnung regen sich auch schon auf, du musst was nachkaufen, wenigstens Brot und Nudeln; oder ist es dir etwa lieber, in ein Lokal zu gehen, wo dich alle anschauen? Und jeder wird dich anschauen, das ist sicher. Erst recht, wenn du die Sonnenbrille aufbehältst, und die wirst du aufbehalten. Ganz abgesehen davon, dass das Geld nicht reicht.

An und für sich waren die Anrufe nicht weiter schlimm; sie musste das Läuten nur gekonnt abwürgen. Aber wenn sie schon wieder diese Mitteilung am Display sah, die besagte, dass der Anruf von einem unbekannten Anschluss aus erfolgte, durchzuckte sie eine Verstörung, die sich so schnell nicht kleinkriegen und handhaben ließ. Dazu kam, dass sie nie mit Sicherheit ausschließen konnte, dass es sich doch um einen ganz anderen Anruf handelte, bei dem aus völlig unschuldigen Gründen die Rufnummer nicht mitgekommen war; diese Frage ließ sich erst nach einigem Abwarten entscheiden, wenn nämlich kein weiterer Versuch dieser Art gefolgt war, was ein typisches Kennzeichen der anonymen Serie gewesen wäre, und das ließ sie obendrein mit dem Gefühl zurück, eine möglicherweise wichtige Nachricht verpasst zu haben.

Und natürlich brachte sie es mit den Bildern in Zusammenhang. Natürlich rechnete Luise damit, dass hinter dem Knacken eine Männerstimme auf der Lauer lag, die irgendwann aus der Deckung kommen würde: Na, Schätzchen, ich hab da was gesehen. Sie wischte den Gedanken weg, es war zu lächerlich. Natürlich könnte man das als peinlich betrachten, in so einem Outfit erwischt zu werden. Aber so tragisch war es auch wieder nicht. Sie war schließlich (a) eine ehrbare Witwe, die wohl auch ein Recht auf ein Sexualleben nach dem Tode hatte, und (b) war das schließlich nichts Widernatürliches, keine Abart wie die Homosexualität oder etwas in dem Stil, bloß eine kleine harmlose Spielerei unter consenting adults, und (c) könnte sie immer noch behaupten, das Bild sei während ihrer Ehe entstanden, und das würde auch dem letzten Käseblatt die Lust auf den Abdruck nehmen. Mit einem Wort: Ihre Karten standen gar nicht so schlecht. Das sagte zumindest ihr Verstand. (Und im Übrigen, fügte der noch hinzu, also (d), entsprach das Bild den gar nicht so geheimen Wunschvorstellungen einer gar nicht so geringen Anzahl von Leuten, was sich demnach, sollte es tatsächlich die Runde machen, höchstens positiv auf das Wahlergebnis auswirken würde.)

Anna K. schloss die Haustür hinter sich und dachte, dass es ihr eigentlich völlig egal war, was er in der Zwischenzeit trieb, zumindest, so lange er sich nicht so sehr betrank, dass er an dafür ungeeigneten Orten erbrach oder ihm die Schließmuskel versagten. Ihr Fehler war es gewesen, die Garage überhaupt betreten zu haben. Sollte er doch verkommen in seiner Garage.

17:10

Was hatte sie da eben gedacht? Verkommen? Sie? Anna musste sich schon sehr wundern über sich selbst. Wusste sie doch, dass sie alles dazu tat, ihn daran zu hindern, dass er verkam, denn irgendetwas in ihm wollte verkommen, um jeden Preis, das war ihr klar. Warum sonst würde sie all das auf sich nehmen, was sie eben auf sich nahm, und sie wollte jetzt gar nicht näher auf Details eingehen. Nein, sie tat entschieden alles Menschenmögliche.

Vor der spiegelnden Scheibe des Tiefkühlregals machte Erich sich klar, dass es mit dem Wasser erst anfing. Aus dem Wasser gelangten diese ganzen Geschichten schließlich nicht nur in die Wasserlebewesen, sondern in die ganze Kette von ineinanderübergreifenden Organismen, immer einer dem nächsten einverleibt, deren schwächstes Glied naturgemäß der Endverbraucher ist, in dem sich alles sammelt. In dem sich der Gehalt an Pharmazeutika demnach am höchsten konzentriert und eindickt. Und wenn wir davon ausgehen, dachte Erich, dass der menschliche Körper nahrungsmitteltechnisch nicht mehr weiterverwertet wird (andere Formen der Sekundärnutzung beschloss er für diesmal auszuklammern), zumindest, wenn man Bakterien, Regenwürmer, Käferlarven und ähnliche Aasfresser außer Acht lässt, schränkte er ein, bleibt diese Rolle wohl an ihm hängen. Wer sollte auch ein Interesse daran haben, einen Menschen zu fressen, einen fetten, zähen Brocken; höchstens Kinder, so kleine, zarte Kinder, die müssten genießbar sein, und eigentlich ja leichte Beute, und dennoch heißt es, dass Tiere wie Wölfe oder Braunbären Nahrung in Menschenform nicht anrühren, seltsam eigentlich.

Da laufen ihnen die leichtsinnigsten Fleischlieferanten vor der Nase herum, und sie versuchen es nicht einmal. Erich hatte die von seiner Frau in Auftrag gegebene Tiefkühlgemüsemischung entdeckt und öffnete die Glastür mit einer ruckartigen Bewegung. Die Dichtungsschichten lösten sich schmatzend vom Metallrahmen. Obwohl, dachte er, von Eisbären hat man schon gehört, dass sie Menschen nicht verschmähen, klar, im Eis gibt's nicht viel Auswahl. Wer wird da wählerisch sein. Aber die Menschen, mit denen die in Kontakt kommen, die Eskimos, nein: Inuit sagt man heutzutage, immer schön korrekt – und heißt Eskimo nicht Fleischfresser? –, die werden keine so hohe Schadstoffbelastung der inneren Organen aufweisen. Andererseits, er lächelte, könnte bei den langen harten Wintern dort oben der Gebrauch von Stimmungsaufhellern durchaus angezeigt sein.

Irgendwann hatte Ferdinand nämlich doch noch nachgegeben, und sie hatten die Rollen getauscht. Aber außer dass er sie am Bett angebunden hatte, die Hände hinter dem Rücken gekreuzt, mit einem langen Band (einem schwarzen?, sie hätte es nicht mehr sagen können, aber es musste wohl schwarz gewesen sein, Originalität war nicht eben seine Stärke), das er anschließend am Bettrahmen fixiert und ihr befohlen hatte, sich hinzuknien und in dieser Position auf ihn zu warten, war nicht viel geschehen; ein kleiner Polster unter ihren Hüften hatte ihr das Halten der Stellung erleichtert. Dann war lange Zeit überhaupt nichts passiert. Und Luise hatte dem langsam sich ausbildenden Spannungsschmerz nachgespürt und sich damit bei Laune gehalten, dass sie meinte, seine Atemzüge zu hören; als sie endlich unruhig zu werden begann, war vielleicht eine halbe Stunde vergangen, aber so genau konnte sie das nicht sagen, erstaunlich, wie unzuverlässig das Zeitgefühl ist; auf ihr vorsichtig tastendes »Ferdinand?« hatte er nicht reagiert, und sie hatte sich schon gefragt, ob er sie betteln hören wollte, um Schläge, oder darum, dass er in sie eindrang, um was auch immer, bloß, damit endlich irgendetwas passierte, und ein wenig erregte diese Vorstellung sie wohl auch, doch ein Teil von ihr wurde zunehmend zornig. Sie wusste nicht einmal mehr, ob er noch im Raum war, sie war sich auf einmal sicher, dass sie sich das Geräusch seines Atems nur eingebildet hatte, sie sah nur das Bettzeug vor sich, die Schmerzen hatten jetzt im Rücken Fuß gefasst, und sie hatte gerade beschlossen, sich umzudrehen, das musste doch möglich sein, wenn man es wirklich wollte, als sie seine Stimme hörte, leise, entschieden und äußerst anregend:

Nein, bleib so. So gefällst du mir.

Ein Schauer hatte sie durchfahren, sie hatte erleichtert in die Decke gelächelt, deren Daunenfüllung schon leicht durchfeuchtet war von dem Speichel, der aus ihren Mundwinkeln gesickert war: also doch, ein Spiel, alles nur ein Spiel, und wie gut angelegt, sie drückte das Kreuz noch einmal durch, brachte den Hintern unter der Spitzenwäsche zur Geltung, als sie das unmissverständliche Schnappgeräusch eines Kameraverschlusses hörte, das sie zu einer Salzsäule erstarren hätte lassen, hätte sie sich ausstrecken können (denn nun wurde klar, dass sie das eben nicht konnte, dass das keinesfalls so leicht und mit bloßer Willensanstrengung möglich war, wie sie sich das gedacht hatte, dass die Fesselung geschickt und effizient angelegt war); sie schrie, dass er verrückt sei, dass er das nicht tun könne und damit aufhören solle, aber er tat nichts dergleichen, er fotografierte ihren tollwütigen Befreiungskampf, der umso hoffnungsloser war, je zorniger sie wurde, er ließ sie toben, bis ihre Kräfte nachließen, dann näherte er sich ihr, und schon unter seiner ersten Berührung begriff sie, dass die Erregung mindestens ebenso groß war wie der Hass (sie hätte es sich denken können), und kurz darauf hatte sie einen ausgesprochen heftigen Orgasmus.

Geschickt ausgetrickst, dachte sie später. Denn nun hatte er sie auch noch zur Komplizin seines Verrats an ihr gemacht, und nichts anderes war das gewesen: nun konnte er jederzeit darauf hinweisen, dass sie die Sache offenkundig genossen hatte. Auf die Idee, dass sie ihm das auf die gleiche Weise heimzahlen konnte, kam er nicht. Oder vielleicht doch, wenn sie darüber nachdachte, denn eigentlich war das das letzte Mal gewesen … nein, das konnte nicht stimmen. Wie auch immer, Luise rettete ihren Seelenfrieden damit, dass er ihr mit den Bildern jedenfalls nichts anhaben konnte, und zwar aus genannten Gründen (a) bis (d), und dass er nach wie vor in ihrer Hand war, genau genommen, denn schließlich war er es, der verheiratet war, und schließlich waren masochistische Neigungen bei einem Mann noch bei weitem erbärmlicher als bei einer Frau. Zumindest würde seine Klientel das mit Sicherheit so sehen, also, wenn sie seine Geschichte verbreitete, dann gute Nacht. Und selbst wenn es sich nicht beweisen ließe, das war Dreck, der kleben blieb, da konnte man ganz beruhigt drüber schlafen. Das daraus resultierende Gleichgewicht des Schreckens bildete seitdem eine gesunde Basis für die politische Freundschaft zwischen Ferdinand und Luise.

17:11

Da. Sie schauen dich an. Jeder schaut dich an. Hab ich's nicht gleich gesagt. Und überhaupt, wo sollen wir hin? Er liebt dich doch, sagt er; nein, was soll das blöde Gerede: er liebt mich nicht, keine Ahnung, was das überhaupt bedeuten soll, dachte Lilli, deren Schnittwunden an Armen und Beinen schon am Verheilen waren, doch das war schließlich keine Absicht gewesen, nur ein blöder Zufall, dass er die Küchentür gerade in dem Moment zuwerfen musste, als sie den Türrahmen erreicht hatte, nackt noch dazu und im Nachtschlund, in dieser Stunde zwischen drei und vier, und seinem Rücken eben nachrufen wollte, dass er nicht jeden Satz, den er von sich gegeben hatte, uminterpretieren könne, wie er das brauche, und dass er überhaupt scheißen gehen solle (das heißt, Letzteres hatte sie vorgezogen und bereits anbringen können, als die Scheibe sie traf) mit seinem ewigen Ausweichen auf eine Metaebene und Positivismus und überhaupt. Der Arzt – am selben Tag im selben Wohnblock – hatte nur einen Blick auf die nicht allzu tiefen Schnittwunden geworfen und gefragt, ob sie nicht Anzeige erstatten wolle, aber es war schließlich nur Pech gewesen, dass das Glas der Küchentür geplatzt war (obwohl dieses Gitterwerk im Inneren doch den allzu glatten Bruch verhindern hätte müssen); nur wenige der Splitter waren so fein gewesen, dass sie Mühe gehabt hatten, sie aus der Haut zu entfernen. Jetzt wäre ein muslimisches Ganzkörpergewand nicht unpraktisch gewesen, Lilli lächelte gezwungen, nichts macht anonymer und unsichtbarer, und das hätte sie zur Zeit gut gebrauchen können, so ein mitführbares Einfrauenzelt, das bis zu sämtlichen Knöcheln reichte, die heringgleich wegstanden; doch die Wunden waren schon im

Abheilen, und das Gesicht war nicht betroffen, wahrscheinlich instinktiv mit dem Unterarm geschützt, doch Lilli konnte sich an den genauen Hergang nicht mehr erinnern.

Endlich zeichnete sich ab, dass Oswalds Wunsch entsprochen wurde, der eigentlich nichts weiter war als ein Gebot der Stunde: Eine Verkäuferin bahnte sich ihren Weg zu den Kassen, um eine weitere in Betrieb zu nehmen, und so ganz beiläufig eine Verwandlung von Verkäuferin zu Kassiererin zu vollziehen.

Dabei tu ich denen noch was Gutes, sagte Oswald halblaut zu der Frau, die gerade noch vor ihm gewesen war und jetzt schon fast auf seiner Höhe damit beschäftigt war, den Einkaufswagen zu wenden, während die Meute bereits zur Nebenkasse stürmte, um nur ja einen guten Platz zu ergattern (und somit profitierten wieder einmal andere von der Tatkraft Oswalds), wenn ich sie daran erinnere, wie ein reibungsloser Ablauf an der Kasse zu funktionieren hat, nicht wahr?; die Frau hatte sich mittlerweile hinter ihm in der neuformierten Schlange eingeordnet. Man tut den Angestellten schließlich etwas Gutes, sagte Oswald, wenn man dafür sorgt, dass der Ablauf an der Kasse so funktioniert, wie ein reibungsloser Ablauf an der Kasse funktionieren sollte, und wie es dem entspricht, was wir bezahlen, dann (er wandte sich um, doch die Frau suchte irgendwas in ihrem Einkaufswagen, jetzt hab ich doch glatt …, sagte sie) können sie die Leute nämlich nicht mehr so verbraten, dann müssen sie mehr Personal einstellen, so einfach ist das, und das kommt letztlich uns allen zugute, wenn es mehr Jobs gibt.

Ich tu denen was Gutes, wenn ich sie dran erinnere, wofür wir zahlen. Na, ist doch wahr.

Charakterstärke war das Schlüsselwort. Zittern und kein Zappeln. Nicht zu lange; ein langes Seil unterbindet Zuckungen, nur das Ausschwingen ist nicht zu verhindern. Und davor muss man noch den Scherbenhaufen aufräumen, den man selbst angerichtet hat. Nicht den der anderen. Das wäre eine Justiz mit menschlichem Antlitz, dachte Luise. Keine Zitterpappeln; kein Mantel-nach-dem-Wind-Hängen, nicht die Rotzfahne streichen, nein, Grundsätze und Standfestigkeit sind für so etwas gefragt, und da war sie die Richtige, man musste sie nur fragen. Es muss immer jemanden geben, der die Endabnahme des Vollzugs durchführt, den Vollzug als vollendet abnehmen muss. Und jetzt war ihnen hinter der Fleischtheke noch eine Verkäuferin abhanden gekommen, wie Luise feststellen musste.

17:12

Schon wieder meldete sich das Mobiltelefon. Erich hätte es abschalten sollen. Aber er hatte gedacht, dass es bald Zeit sein würde für diesen Anruf, nicht jetzt sofort unmittelbar auf der Stelle, aber bald; der richtige Zeitpunkt war Gefühlssache. Allzu lange wollte er nicht mehr warten, und so hatte er das Ding nicht abgestellt und das Headset in Position gebracht; das gab ihm alle Freiheiten, vor allem die, auf der Welle des Augenblicks zu surfen und im richtigen Moment, im richtigen Moment abzuheben …
Diesmal nahm er das Gespräch nicht sofort an, sondern fischte das Handy aus der Tasche; er erkannte die Nummer des Chefs vom Dienst und würgte das Gespräch ab. Übertriebener Diensteifer machte sich nicht bezahlt, dieser Erkennt-

nisgewinn stand auf der Habenseite seiner langjährigen Berufserfahrung. In seinem Alter waren die Leute, die was auf sich hielten, nicht mehr bei dem Lokalblatt; aber gut, er hätte die Möglichkeit gehabt, natürlich hatte er Möglichkeiten gehabt, er verstand schließlich was vom Geschäft. Doch mit einem neu gekauften Haus und zwei Kindern ist man nicht mehr so mobil. Tatsache war allerdings, dass die Leute, die was auf sich hielten, auch nicht mehr in der Chronik waren, sondern im politischen Teil. Oder vielleicht noch in der Kultur. Irgendwo jedenfalls, wo sie was ausrichten konnten. Oder auch in der Wirtschaft, obwohl er den Eindruck hatte, dass die Hauptqualifikation der Kollegen dort darin bestand, im Nachhinein alles besser zu wissen. Und wenn etwas wirklich spannend wurde, dann wurde es zur Chefsache erklärt und wanderte in den politischen Teil. Also fast wie in der Chronik.

Ist ein Mann in Brunnen g'fallen, hab ihn hören, was denn?, reimt sich auf trunken, so viel ist klar. Ertrunken, eigentlich. Hab ihn hören runken. Stunken, sunken. Als ob man jemanden sinken hören könnte. Ein Säugling wurde von einem jungen Mann in einem Tragegestell vor sich her getragen, der kleine Kopf lag auf der Brust des Vaters; schlecht für die Entwicklung des Rückens, hatte man früher gesagt, ganz schlecht. So einfach geboren, dachte Horst. Warum ist das Sterben so viel schwieriger und unvorhersehbarer als das Geborenwerden? Warum, dachte Horst, gibt es keine vorgezeichnete und absehbare und vorzugsweise einfache Möglichkeit, das Leben zu beenden, so wie es begonnen wurde, Schritt für Schritt und begleitet von jemandem, der sich auskennt wie eine Hebamme, und alles, was man tun muss, ist, richtig und gleichmäßig zu atmen. (Regelmäßig: Beckenboden, dachte er mit leicht schlechtem Gewissen. Sich vorstellen, man stehe in ansteigendem kalten Wasser, hatte der Arzt gesagt.) Nein. Das Atmen macht die Mutter. Jedenfalls ein schlichter, einfacher Weg aus dem Leben, vorgezeichnet, absehbar wie die Passage des Geburtskanals, das ist es, was fehlt im evolutionären Plan. Ein Baufehler im menschlichen System, muss man sagen, dachte Horst, warum eigentlich; nun, ganz einfach, als ob du das nicht wüsstest, weil es für den Fortpflanzungserfolg keine Rolle mehr spielt, wie du stirbst, da kann es keine natürliche Selektion bezüglich der Eigenschaft des Sterbenkönnens geben, ist doch klar: zu blöd aber auch.

Tatsächlich war mittlerweile die Hölle los. Allerdings nicht dort, wo Anton sie vermutete und gezündet zu haben glaubte, sondern in einer anderen Filiale des Lebensmittelkonzerns. Die Menschen rannten auf die Straße, der eine oder die andere sicherlich mit unbezahlter Ware in den Taschen. Anton hatte sich in der Zeile geirrt und die Nummer einer Supermarktniederlassung in der Innenstadt aus dem Telefonbuch abgelesen, die er noch nie besucht hatte und die er vermutlich nicht gemocht hätte, eng und unübersichtlich, wie die Geschäftsräume waren. Auch das Publikum hätte wohl nicht seinen Erwartungen entsprochen; doch vielleicht hätte ihn die Vorstellung, es in Panik auseinanderlaufen zu sehen wie eine Hühnerschar, durchaus erfreut. Wie auch immer, mehrere Polizeieinheiten waren im Augenblick dorthin unterwegs, wobei sich die Zufahrt durch die Fußgängerzone nicht ganz einfach gestaltete.

Die Unwirtlichkeit der Fahrgastzelle nahm dank des fehlenden rechten hinteren Seitenfensters unerbittlich zu. Doris riss die Augen auf und schüttelte sich. Es ist ein Zeichen von Schläfrigkeit, wenn man so fröstelt. Ich bin doch nicht etwa eingeschlafen … falsch, dachte sie: ganz falsch. Sie wäre nie unter die Brücke gegangen, sie doch nicht, denn sie hätte unmittelbar nach dem Erreichen der Hochwasserlinie bemerkt, dass dort Hütten standen, windschief und aneinander gelehnt, Holz und Wellblech, und sogar Pappkarton, und das hätte sie in sicherer Distanz gehalten, selbst wenn niemand auf sie zugekommen wäre, niemand, der auf den ersten Blick jünger aussah als aus der Nähe, wo man bemerken konnte, dass die Farbe der halblangen Haare an den Seiten von Dunkelblond ins Graue überging, mit leicht eingekerbtem Kinn und schmutzgestreiften Lederhosenbeinen, niemand, der gesagt hätte: keine Angst. Sie tut das nicht wirklich. Und sie hätte nie gedacht: da haben wir's. Das Opfer, mein Opfer genau genommen. Steht unter Schock. Selbst wenn sie kein Bellen gehört hätte. Doch sie hörte einen Hund. Ganz deutlich. Sie hätte nicht daran denken müssen, dass der erste Regen das ganze Behausungskonglomerat aufweichen und im Boden versinken lassen müsste; doch natürlich schützte der Autobahnbogen, der trotz seiner Höhe den Raum darunter verdüsterte bis auf einen schmalen Spalt in der Mitte (den dort, wo sich Brücke und Untergrund wieder vereinigten, ausgewachsenes Wintergras ausfüllte, wie Doris auf der Hinfahrt, dieser ursprünglichen, fröhlich zielgerichteten Ausfahrt, begleitet von frischsprudelnden Kisten im Kofferraum, bemerkt hatte), und Schnee und Regen zumindest großteils von der Ansiedlung fernhielt; und sicherlich würde jedes vernunftbegabte Wesen den Windschatten der Brückenpfeiler als besten Ort für einen Hausbau wählen. Die Hände am Lenkrad waren steif, Doris versuchte, die Finger zu bewegen;

sie wollten nicht recht ansprechen. Der Fahrtwind hatte die Nackenmuskulatur erstarren lassen. Und niemand, der nach Geld aussah, dachte sie, an das man ohne größere Schwierigkeiten heran kommen konnte, würde einer solchen Ansiedlung freiwillig nahe kommen. Auch ohne Hund, dessen Bellen übrigens verstummt war.

17:13

Gefordert ist die Fähigkeit, dachte Luise, allzeit bereit und willig zu sein, zuzuschlagen und weh zu tun, Schmerzen gezielt zuzufügen, um sich – das ist dann der anspruchsvolle Teil – nach dem Sturmauge der reaktiven Prozesse, vor dem Abklingen des Wirbels zurückziehen zu können und die Dankbarkeit des Publikums und des Opfers oder auch (üblicherweise) von beiden in ein und derselben Person huldvoll entgegenzunehmen und dabei nichts zu empfinden als Befriedigung; keine Spur von Bedauern oder Mitleid. Das hält nur auf, das ist was für Zauderer und wollhosenwickelnde Hausmänner, dachte Luise. Die Kunst des reuefreien, sparsamen und effizienten Zuschlagens ist die begehrteste und bestbezahlte Kunstfertigkeit der Gegenwart; nun, vermutlich war sie das schon immer, wenn man es sich recht überlegte, beispielsweise in elisabethanischer Zeit; das Betreiben und Befürworten und die abschließende Begutachtung all dieser Hinrichtungen erforderten sicherlich auch eine gewisse charakterliche Größe.

Und vielleicht deshalb stellte sie sich jedes Mal vor dem Verlassen der Wohnung in dieses unbarmherzige Licht (die Spiegelbeleuchtung hatte Luise kurz nach dem Begräbnis austauschen lassen, von ihrem Auftreten hing schließlich einiges ab), das ihr das Gefühl gab, ganz und gar zur Disposition zu stehen, auf dem Prüfstand einer gnadenlosen Analyse; doch, fand Luise, das schadete gar nichts, denn an die Grausamkeit von Fernsehkameras kam es bei weitem nicht heran, und wenn sie etwas dringend brauchte, dann war das: Abhärtung, und so lächelte sie gekonnt und grimmig in ihr Spiegelbild, dem, so dachte Luise, all die Ausleuchtungshärte nicht zusetzen konnte, und die kleine Grimmigkeit, die durfte sie sich erlauben, die konnte man auch nur sehen, wenn man wirklich mit ihrem Gesicht vertraut war, und wer war das schon; zu professionell war sie mittlerweile geworden, als dass sie negativen Strömungen erlaubt hätte, sich in unliebsamer Weise in den Vordergrund zu drängen.

Der Grund dafür, dass Lilli auch in Innenräumen die Sonnenbrille nicht abnahm, war der, dass ihr (von jetzt an namentlich, wie sie beschlossen hatte, nicht mehr zu nennender) Freund ihr ins Gesicht geschlagen hatte, mehrfach, und das war die andere Sache und erst eine Woche später passiert. Sie konnte sich denken, was er sagen würde, zumindest dann, wenn er sie wieder mild stimmen wollte, nämlich, dass das nur der Beweis dafür war, wie tief seine Gefühle eben seien, und wie sehr sie ihn verletzt habe, und natürlich auch, dass es ihm unendlich leid täte, aber dass sie ihn provoziert habe mit ihrem: tu's doch, tu's doch, wenn du glaubst, dass sie dich wirklich will – und überhaupt, was das denn für eine Einstellung zu einer Beziehung sei, die er, er jedenfalls und offenbar im Gegensatz zu ihr, ernst nähme. Dem war eine Diskussion über Lillis Gefühlskälte vorausgegangen und über seine zahlreichen anderweitigen Möglichkeiten, die er nur aus Rücksicht auf sie und weil er sie eben, ja, liebe, ungenutzt verstreichen lasse. Wenn sie sich vorstellte, wie er seine Argumentationslinie fortsetzen würde, wenn sie ihn ließe, dann war ihr jetzt schon klar, dass sie dem Ganzen wenig entgegensetzen würde können (aber die Sonnenbrille, dachte sie plötzlich, trugen verschleierte Frauen Sonnenbrillen?, sie erinnerte sich nicht, je eine Kopftuchträgerin mit Sonnenbrille gesehen zu haben, so als wäre die klare Sichtbarkeit der Augen ein Kennzeichen der Selbstbehauptung, höchstens solche vielleicht, die das Tuch zu engen Jeans trugen und in der beiläufigen Lässigkeit eines altertümlichen Filmstars, die setzten wohl auch Sonnenbrillen auf), dass seine Argumente ja durchaus eine gewisse Logik in sich hatten, dass sein Standpunkt von einem bestimmten Blickwinkel aus betrachtet ja durchaus etwas Nachvollziehbares an sich haben konnte, und dass sie ihre Haltung, ihre Sicherheit, mit der es ohnehin nicht weit her war, vor sich hin bröckeln sehen würde, und dazu wollte sie es nicht kommen lassen, diesmal nicht, denn seine Hände waren irgendwie von ihren Wangen über die Kante der Backenknochen nach unten gerutscht, hatten zugepackt, und der Druck auf den Kehlkopf hatte sich schließlich eingeprägt, und deswegen war sie weggefahren, ohne irgendwem etwas zu sagen, hatte sich krankschreiben lassen, was der Arzt – ein anderer diesmal – ohne Schwierigkeiten getan hatte, und war hierher gekommen, wo niemand sie kannte, und hatte das Handy ausgeschaltet.

Kanalwechsel. Anders gefragt: Wann ist für mich eigentlich der Zug abgefahren?, dachte Morgans Mutter. Da ist er ja wieder, der Ohrenbeichtenspezialist, und er spricht zu mir.

Zeig es uns, sagte der Moderator. Wir sind hier, damit alles zum Vorschein kommt, nicht wahr?

Visitation. Drehen Sie sich um, sagte Morgans Mutter.

Was hast du uns mitgebracht?, fragte der Moderator.

Spreizen Sie endlich die Beine, sagte Morgans Mutter.

Einen Fremdkörper?, fragte der Moderator mit hörbarer Begeisterung und rutschte in seinem Studiositz ein wenig nach vor.

Ja, so, sagte Morgans Mutter.

Als Waffe eingesetzt?, fragte der Moderator, während Morgans Mutter das Bügeleisen schwenkte:

Das hängt vom Kontext ab, sagte sie.

Da sollten wir genauer hinschauen, glaube ich, sagte der Moderator. Das wird dir helfen. Wenn es helfen soll, wird es ein bisschen weh tun. Da müssen wir durch.

Eine schließmuskelöffnende Infiltration, sagte Morgans Mutter. Dazu sind wir da, sagte der Moderator in seinem immerwährenden Studiolenz.

Wie bitte?, fragte Frau Weiler; soll ich den Fernseher lauter stellen?, entgegnete Morgans Mutter sofort beflissen. Ich mach das schon, sagte Frau Weiler.

17:14

Charakterliche Größe, genau. Sie konnte es sich nur zu gut vorstellen: Sie würden schauen. Und wie sie schauen würden, allerdings würde das keine besondere Genugtuung mehr sein für Luise, eher eine notwendige Begleiterscheinung, die man in Kauf nahm, schauen und sich wundern, warum sie das nicht früher erkannt hatten, dass man ein solches Kaliber wie

Luise H.-W. nicht einfach abservieren konnte. Und nicht nur die berufsmäßig Zukurzgekommenen in den hinteren gedrängten Stuhlreihen, denn dass sie das mit einem großen Auftritt einläuten musste, war klar, war eine Frage der politischen Vernunft, alles andere wäre eine verschenkte Gelegenheit, wer verschenkte schon Gelegenheiten heutzutage. Der ganze Parteiübertritt war ja nichts als der Versuch, die von ihrer bisherigen politischen Heimat, dieser *Bewegung* oder *Plattform* oder was auch immer der letzte namenstechnische Stand war (natürlich kannte sie den, aber solche kleinen Scherze würde sie sich noch erlauben dürfen, und außerdem hatte sie damit gleich eine handliche, praktische Formulierung parat, die sich bei Bedarf einstreuen ließ, Bedarf würde es genug geben, ebenso wie Pressetermine), zunächst geschenkmäßig arrangierte, dann vernachlässigte und verspielte Gelegenheit – nämlich ihr, Luise H.-W.'s politisches Talent – am Schopf zu packen und gewinnbringend, optimal und taktisch klug einzusetzen. Natürlich würde das nicht ohne Reibungsverluste abgehen, wo gehobelt wird usw., doch zum Glück war sie robust, geeicht und abgehärtet, was das Gemurre der Übergangenen betraf, die gab es immer.

Und die wollten aus verständlichen Gründen Quereinsteiger wie sie nicht vor die Nase gesetzt bekommen, und in einer alteingesessenen Partei hatten die diversen Lobbyisten ein anderes Gewicht und einen ganz anderen Stellenwert als bei dieser unausgegorenen Mischung aus ewiggestrigen Hinterwäldlern, schneidigen Emporkömmlingen mit jugendlichem Auftreten und ein paar versprengten elitären und nach Autorität lechzenden Bürgerlichen, die Ferdinand da befehligte, oder von denen er glaubte, dass sie an ihn glaubten, aber das würde sich schon noch zeigen, wie er ohne sie zurecht kam; sie war schließlich nicht die Erste, die ihm abhanden kam. Wenn auch bei weitem die Prominenteste.

Oswald hatte sich endlich vorgearbeitet (an der anderen Kasse, die er zugunsten dieser hier aufgegeben hatte, war es natürlich schneller gegangen, naja, dachte er, das kennt man ja, Murkes Gesetz, müßig, sich über so was aufzuregen) und jetzt verstand er auch, warum es so langsam ging, die Kassiererin, dieselbe übrigens, die ihn schon beim Fleisch so nett angesehen hatte, rotgefärbt, von einem Rot, das erst das noch in Restbeständen vorhandene Umgebungstageslicht richtig zur Geltung brachte, schaute missmutig auf das Titelblatt einer Zeitschrift, kein Wunder, dass da nichts weiterging, wenn die Zeitung las. Der könnte ein wenig mehr Freude am Leben auch nicht schaden. Es ist allein Ihre Entscheidung, würde die Therapeutin sagen, was Sie mit Ihrem Leben anfangen. Sie haben jedenfalls meine volle Unterstützung, sagte sie immer, wie immer Sie sich entscheiden.

Natürlich war ihr klar, dass sie, Luise, in den Niederungen des Apparats über keinerlei Hausmacht verfügte, doch wer nicht wagt, hat schon verloren; als Verliererin sah sie sich nun einmal nicht, ganz im Gegenteil. Und es war ganz erstaunlich, in welchem Ausmaß der äußere Erfolg dem positiven Selbstbild entsprach. Self fulfilling, sozusagen.

Die Geschichte mit dem Mann dieser Politikerin, beispielsweise. Die hatte er reingekriegt, und dann hatte er recherchiert, er, Erich Wackernagel, und war auf ein paar seltsame Details gestoßen. Das war kein Unfall gewesen, nie und nimmer. Konnte ein Wachmann wirklich so blöd sein, seinen eigenen Auftraggeber zu erschießen? Oder konnte ein Geschäftsinhaber wirklich so dumm sein, in sein eigenes Geschäft einzubrechen und dabei den Wachdienst nicht einzukalkulieren? Er konnte, schien es. Denn das war seine Vermutung gewesen, dass dieser Franz H. hatte einbrechen wollen, um Versicherungsbetrug zu begehen; seiner neugegründeten Firma, einer Flugschule, war es nämlich allem Anschein nach nicht so gut gegangen, und dann hatte es Gerüchte über ausgesprochen risikoträchtige Spekulationsgeschäfte gegeben; die Frau jedenfalls war aus dem Schneider gewesen, versicherungstechnisch wunderbar vorgesorgt. Und dann war ihr noch das Kunststück gelungen, daraus Kapital zu schlagen; ihr politischer Aufstieg hatte erst danach begonnen, wenn er sich recht erinnerte, Sicherheitssprecherin ihrer Partei, hübsch und werdende Mutter, auf tragische Weise Witwe geworden, was will man mehr. Tja, und gerade als er, Erich Wackernagel, Lunte gerochen und gedacht hatte, jetzt könnte er endlich mal was durchziehen, so richtig von A bis Z, und sich womöglich profilieren, hatte man ihm den Fall aus der Hand genommen, natürlich nicht ohne auf seine Unterlagen zurückzugreifen und ihn irgendwo in einer Fußnote beiläufig zu erwähnen, gerade so, dass es niemandem auffiel, dass er die ganze Arbeit gemacht hatte, aber umgekehrt auch niemand sagen konnte, er würde übergangen. Seitdem, nun ja, Dienst nach Vorschrift, hätte man das früher einmal genannt.

Oswald lächelte die Kassiererin an, sie tat so, als würde sie es nicht bemerken, nicht einmal, als sie die Waren über das Laserfenster schob, oder als sie in dem über der Kasse befestigten Ringbuch mit Warenpreisen und Produktnummern blätterte, weil der Strichcode an der Verpackung des gegrillten halben Huhns nichts weiter als ein unwilliges Piepsen hervorrief; sie schlug die in Plastik gefassten Blätter einige Male hin und her, während sein Blick auf das Magazin fiel, das sie eben gelesen hatte, und in dem, wie Oswald genau wusste, ein ausführlicher Bericht über einen Überfall in Heiligenblut (oder Kreuzstetten?) zu finden war, und er einer spontanen Eingebung folgend sagte: Na, haben wir heute Abend schon was vor? Kein Lächeln. Er drehte sich um: an der Nebenkasse eine ebenso ungerührte blonde Stachelfrisur, wieder gelb neben rot, wie er bemerkte, und er beschloss, das als gutes Vorzeichen zu sehen, wandte sich wieder seiner Kassiererin zu, lächelte, es war wohl erforderlich, deutlicher zu werden.

Wie wär's mit einer kleinen Verabredung nach Dienstschluss?, sagte Oswald und deutete auf das Magazin. Das macht man heutzutage so. Sie zeigen mir einfach ein nettes kleines Versteck, hier gibt's doch sicher heimelige Verstecke, sagte er mit zuckersüßer Stimme. Dann lassen wir uns einsperren und machen's uns gemütlich, was? Er zwinkerte ihr zu. Nur wir zwei und eine Rolle Klebeband. Und die Kasse gehört uns!, sagte er, als sie ihm endlich den Kopf zuwandte und in ihre Augen ein definitiv lebendigerer Ausdruck trat.

17:15

Sid stand doch tatsächlich vor dem Geschäft, einfach davor.

Kommst du endlich, sagte er, als Mo in Reichweite war, hab schon gedacht, du traust dich nicht.

Bist du verrückt?, fragte Mo. Ich hab gedacht, wir treffen uns bei der Haltestelle.

Sehen einen zu viele, sagte Sid.

Na, und hier vielleicht nicht?

Der Punkt ist, dass niemand drauf kommen wird, dass wir hier sind, sagte Sid. Genau hier. Er zog an seinem linken Unterlid. Genau im Auge, sagte er.

Und die Kameras?

Hab ich längst überprüft, sagte Sid. Kameras gibt's nur vor dem Eingang. Hier ist ein absolut toter Winkel. Bombensicher.

Mo sagte nichts. Das war mal wieder typisch. Aber er würde sich jetzt nicht aufregen. Nicht jetzt; das wäre dumm, wenn man sich grade so wundervoll vorbereitet hatte und nur noch loslegen musste und gerade in der richtigen Stimmung war. Er überprüfte noch einmal die exakte Positionierung der einzelnen Elemente seiner Ausrüstung, grinste Sid an und spürte, wie die Mundwinkel zitterten; aber das war ganz unbewusst, da konnte man nichts machen, sein Bewusstsein war nämlich fokussiert und ruhig. Jetzt hatte er sich einmal so weit gebracht, jetzt würde er den Nerven auch nicht mehr erlauben, sich hier in den Vordergrund zu spielen. Er wusste schließlich, was zu tun war. Er reichte Sid die Sonnenbrille. Sid grinste, ohne dass irgendetwas in seinem Gesicht verdächtig gezuckt hätte. Aber Sid war schließlich fast zwei Jahre älter. Mo sah genau hin. Sicher ist sicher, sagte er.

Und dann, als der Prozess gegen den Wachmann gelaufen war – Freispruch, das hätte er ihnen gleich sagen können; die Frau hatte alles auf den Mann geschoben und die arme missbrauchte Seele und reine Unschuld hervorgekehrt, ein Gustostückerl, wenn man ihn fragte, aber man fragte ihn ja nicht. Das hatte eindrucksvolle Schlagzeilen gebracht. Die

Zeitung allerdings hatte das aufstrebende Polittalent Luise H.-W. nicht behindern wollen, da ihre *Bewegung* die Regierungspartei unter Druck setzte, was wiederum dazu führte, dass selbige wesentlich sensibler als zuletzt auf Themen reagierte, die die örtliche Presse, sprich: Erich Wackernagels Zeitung lancierte, und das wiederum gefiel dem Chefredakteur Emil Sauer und sicherte seinen Einfluss. Und auf diesem Altar war also Erich Wackernagels Karriere geopfert worden. Erbärmlich.

Im Übrigen war das Sicherheitsthema einfach das Ding des Augenblicks.

Und was eignete sich dafür besser, was hätte glaubwürdiger in all seiner menschlichen Tragik sein können als das Drama dieser einsamen, von ihrem so unglückselig verstorbenen Mann so böswillig hintergangenen Witwe, die seither über die Leiche ihrer eigenen Beziehung hinweg bei jeder Gelegenheit ein schärferes Vorgehen gegen Illegale, Kriminelle (nach Möglichkeit in Personalunion, nicht dass sie sich im Prinzip damit nicht auch Erichs Beifall hätte sicher sein können) und anderes Gelichter forderte – und, wie man sehen konnte, damit nicht einmal vor ihrem eigenen Mann haltgemacht hätte. Mit zitternden Lippen und Tränen in den Augen hatte sie gesagt, sie sei überzeugt davon, dass der Wachmann nur seine Pflicht getan habe, und dass sie an seiner Vorgangsweise, so schmerzlich das für sie sei, nichts Verwerfliches finden könne. Der Wachmann habe schließlich nicht wissen können, dass der Einbrecher der Eigentümer und das Objekt in seiner Hand keine geladene Waffe, sondern Teil einer künstlerischen Installation im Firmenfoyer gewesen war, die der ihr trotz allem teure Verblichene offenbar zerstören habe wollen. So sehr sich ihr Innerstes auch dagegen wehre, dies zu glauben, so sehr sehe sie sich durch die Umstände dazu genötigt. Dass das betreffende Kunstobjekt von einem zur Zeit äußerst gefragten zeitgenössischen Künstler stammte und mit einer nicht unerheblichen Summe versichert war, wurde gemeinhin als Erklärung für die Angelegenheit angesehen (wobei der Marktwert des Objekts durch die breite Berichterstattung nicht geschmälert wurde), und dabei ließ man es bewenden; insbesondere, als dann bekannt wurde, dass die bedauernswert kurze Ehe Früchte getragen hatte, sodass die Witwe nicht nur schön und tragisch, sondern auch noch schwanger war.

Die Medien – auch Erichs Zeitung selbstverständlich – schäumten vor Begeisterung. Jetzt bot sich zu allem Überfluss noch die Möglichkeit, mit Homestories, Gitterbetten und Strampelanzügen mitten ins Herz des Publikums zu treffen; was für ein prächtiger Zufall, dass Ferdinand Feichtlbauer, allgemein nur als »der Ferdl« bezeichnet, Frau H.-W. in das Kompetenzteam, den inneren Kreis seiner *demokratischen Bewegung* geholt hatte, ein solches politisches Talent, hatte er gesagt, dürfe man nicht brachliegen lassen, und es sei schließlich bekannt, dass nichts die Wunden der Vergangenheit besser heile als zielgerichtetes Vorausschauen und positives Gestalten der Zukunft.

Hast du das gehört?, fragte die Marktleiterin den Rücken ihrer neuen Kollegin; sie konnte nicht erkennen, ob die sie zur Kenntnis genommen hatte, und sie hätte sie gerne beim Namen gerufen, doch es wollte ihr nicht einfallen, wie die

Neue hieß. Ich hätte auch gern ein Burnout, dachte die Marktleiterin. Ich will einfach keinen Finger mehr rühren. Wie soll ich das denn alles schaffen hier? Immer die Zusatzschichten, und trotzdem bleibt nichts übrig unterm Strich. Einmal schuldenfrei sein. Das müsste schön sein, einmal schuldenfrei; und wir schaffen es ja doch nie, wenn das so weitergeht. Keine Chance. Und dann der Urlaub. Können wir uns eh nicht leisten; naja, vielleicht eine Woche wenigstens.

Was ist?, fragte die Kollegin, die sie anscheinend doch gehört hatte und sich jetzt umdrehte, während sie mit der Linken die Waren weiter schob.

Ach nichts, sagte die Marktleiterin. Aber der nächste, der glaubt, dass er mich verarschen kann, der kann was erleben!

Was hat er denn gesagt?, fragte die Neue zwischen zwei Packungen Riesenwindeln.

Dass er mich überfallen will nach Dienstschluss oder so.

Spinnt der?, fragte die Kollegin, die im übrigen Sirena hieß, wie der Marktleiterin eben eingefallen war: ach was, Sirena, sagte die Marktleiterin, die werden übermütig so kurz vor Feierabend.

Na, ich weiß nicht, sagte die Kollegin und kratzte sich über dem Ohr, sodass das Haar (naturblond und mit zu viel Gel in Form gebracht) dürr abstand: Ich glaub übrigens nicht an einen Scherz.

Ich glaub, die bringen sich in Stimmung, setzte die Neue nach und wies auf das Titelblatt einer Zeitschrift, die sie gerade über das Förderband zog.

Daher weht nämlich der Wind.

17:16

Das muss man sich schließlich auch erst einmal trauen, sagte Serena, die neue Kassiererin, die sich längst daran gewöhnt hatte, dass ihr Name falsch ausgesprochen wurde, doch die Marktleiterin hatte den Blick schon wieder gesenkt. Wär nicht der erste Wahnsinnige heute, murmelte sie, während sie den Kunden anlächelte, der auf irgendwas zu warten schien, ja?, sagte sie.

Mit Karte, hab ich gesagt, sagte der Mann.

Ist ja unglaublich, dachte die Kassiererin, was man so alles runterschlucken muss. Das Handy der Marktleiterin läutete.

Ja, sagte sie. Ich komm ja schon.

Um die Zeit, murrte sie dann, die hätten schon vor Stunden liefern sollen. Was denken die sich eigentlich? Da muss ich wirklich mal eine passende Rückmeldung, stellte die Marktleiterin fest.

Der Eingriff in Sieglindes Bauchraum war beendet, er wurde gespült, die entstehende Mischflüssigkeit abgesaugt; die Tücher, die die Darmschlingen zurückgehalten hatten, wurden von den OP-Schwestern entfernt und abgezählt, die Instrumente eingesammelt, abgezählt, die Bauchdecke wurde schichtweise wieder verschlossen, das Zählen erübrigte sich hier. Die Klebestreifen, die den Schlauch zur Direktversorgung der Lunge fixiert hatten, wurden abgerissen, der Tubus entfernt, die Infusionen abgehängt, wobei man den Kanal für spätere Verwendung im Arm stecken ließ und nur mit einem Plastikpfropf verstopfte, Sieglinde wurde abgedeckt und umgelagert und kam nun (um Fett und ein Organ erleichtert, das bereits auf seinen Weg geschickt worden war) in ihr Einzelzimmer, das einen phänomenalen Blick auf die kahle Parklandschaft ermöglichen würde, wenn sie aufwachte.

Luise war es gewohnt, auf sich selbst gestellt zu sein; zwei-, dreimal zum Beispiel hatte sie sich selbst im Bett die Hände hinter dem Rücken zusammengebunden in dem verzweifelten Versuch des rücksichtslosen Niederschlagens des eigenen verräterischen Aufstands, dieser hinterhältigen Verschwörung gegen sich selbst; dieser Auflehnung gegen das, was doch nur das eigene Beste war (wie Luise genau wusste), von nun an gilt: Ich bin nicht mehr verantwortlich. Wichtig ist eine klare, einfache Struktur, ein verständliches Modell, dessen Rahmenbedingungen und Gesetzmäßigkeiten greifbar, nachvollziehbar und vor allem handhabbar sind. Es ist für alles vorgesorgt.

Luise hatte also ein Paket geschnürt, das sie sich selbst zustellte, sich selbst zu einem kampfunfähigen Paket geschnürt, oder zumindest fast, das war nicht schwer, wenn die linke Hand wusste, wo das Ende des Stricks war, der die Rechte hielt, um einfach dieses Gefühl oder die Abwesenheit eines Gefühls oder die Verdichtung und Verstrickung so vieler widersprüchlicher Gefühle zurückzubringen. Und natürlich hatte gerade in diesem Moment Anatol in seinem Bett gekräht; das Arrangement war ebenso schnell gelöst wie angerichtet, wenn man wusste, wie, und ihre brennenden Gelenke, die sie mit einem gewissen Stolz erfüllten, bemerkte Anatol noch nicht, er hatte nur Augen für die Milchflasche, die die Hände, in die langsam das Blut zurückkehrte, ihm hinhielten.

17:17

Und Mo ging systematisch vor: ganz ruhig. Mehr braucht es nicht als Ruhe. Es ist nämlich ganz einfach, die Wand zu passieren, wenn man den Trick erst einmal kennt, einfach ein wenig Abstand, und zügig los, als wär nichts dabei, dann kommst du ganz ohne Schwierigkeiten durch, und dann natürlich geht alles flüssig und leicht. Mit ein bisschen Training wechselst du die Seiten dann im Schlaf, und das einzig unsichere dabei ist das Gefühl dafür, auf welcher Seite man gerade ist; das kann sich verlieren, das verläuft sich irgendwo und geht eigene Wege, und ob man das je wieder einholt, ist so eine Frage. Aber egal, denn mit der Zeit sehen sich die Seiten immer ähnlicher, und man versteht, dass man die ganze Zeit in ein und derselben Realitätsblase herumschwimmt, die von einer Seite auf die andere drängt, sich durch den Durchgang quetscht wie Zahnpasta (und dass man die nicht mehr zurückdrücken kann, gehört wohl zu den ersten Dingen, die man lernen muss: die Unordnung nimmt einfach zu, immerzu) und auf der anderen Seite ausbreitet. Nein, das wirkliche Problem, oder die entscheidende Frage, ist: Wozu die Blase überhaupt noch verlassen wollen, warum sich so was antun, wenn dieser Übergang so leicht zu nehmen ist, so jederzeit bereit und zur Verfügung steht?

Er ging zügig hinein. Das erste Stück war schließlich leicht. Ein breiter, gerader Gang zwischen Pokemonzahnpasta und Kondomen, den er einfach nur entspannt entlanggehen musste. Die Brille. Hätte er die doch nehmen sollen? Nein, jetzt nicht ins Stottern kommen: einfach gerade hinein, und im hintersten kamerafreien Winkel neben der Flaschenrücknahme die nötigen und durchgespielten letzten Handgriffe, nichts Großes, kein großer Eingriff mehr erforderlich. Brillentechnisch also eher Plan B. Ohne Sonnenbrille ist man schließlich leichter zu identifizieren. Andererseits, zu leicht musste man es denen auch nicht machen. Er zog den Mützenrand tiefer. In gewisser Weise war er froh, dass er sich so nebenbei für Plan B entschieden hatte. Oder Plan B sich für ihn, wie seine Mutter gesagt hätte. Sie mochte solche Sachen. Das hat so sein sollen, würde seine Mutter sagen; und sie würde am Ende schon sehen, dass er Recht hatte. Und die anderen erst. Sid würde hoffentlich die richtigen Einstellungen mitkriegen, vor allem bei der Kasse, das war schließlich entscheidend, ein schöner Abgang.

Das Bild des Frauenmundes, der auf den Teespiegel der Tasse blies und darauf sanfte Wellen warf, gab den Ausschlag: Es war soweit. Der Augenblick war da. Warum, das hätte Erich Wackernagel nicht sagen können, vielleicht, weil der Mund aussah wie der eines Fünfzigerjahrefilmstars, und er eine Schwäche für diese Ästhetik hatte, vielleicht wegen der leicht japanischen Anmutung des Wellenbildes, wer konnte das schon sagen. Er wählte jedenfalls die Nummer, die er, wie so viele andere, auswendig kannte. Ein gutes Gedächtnis hatte seit jeher zu seinen Stärken gezählt.

Für sie war gesorgt. Sie würde also nach vorne gehen, an den Reihen vorbei, es würde der perfekte Überraschungscoup werden, immerhin war sie gelernte Betriebswirtin und alleinerziehende Mutter und darum durchaus prädestiniert für ein Ressort wie dieses; und nicht aus der Spur treiben lassen, wie käme man nur dazu, sich einfach abdrängen zu lassen von irgendsoeinem Dahergelaufenen, Dahergefahrenen vielmehr. Nein, sie jedenfalls nicht, und Ferdinand auch nicht, der schon gar nicht, immer auf der linken Spur und angeblinkt und: geh aus dem Weg, du Trottel, gesagt, nicht aggressiv, nein, unterkühlt und fast ein wenig traurig und ruhig dabei, ganz ruhig, ganz elegant und leicht ging Ferdinand das von der Hand, obwohl der Alkohol sicher half. Eines Tages, sagte Luise. Erwischt es dich. Egal. Sie würde ihm noch einen ordentlichen Grund geben zum Trinken. So wie es mich erwischt hat. Brauchst nicht zu glauben, du wärst unberührbar. Aber wer weiß. Vielleicht gefällt dir das dann auch noch.

Hinter dem haltlosen Zerbrechen alles Vertrauten, Sicheren, Festen, Gewohnten steht nämlich die Aussicht auf eine neue Handlungsfreiheit, das hatte sie schon früher bemerkt, und von bestimmten Erfahrungen konnte sie jetzt mit Sicherheit profitieren; mit ihr würde man nicht Schlitten fahren, mit ihr nicht, auch wenn man ihr zu verstehen gegeben hatte, dass sie primär den Mangel zu verwalten haben werde und dass sie da nicht aufmucken werde können, dass an ein Aufmucken gar nicht zu denken sei, dass sie aber andererseits die einmalige Chance habe, sich in bewährter Eisenfaustmanier zu positionieren und weiter zu profilieren; dem konnte sie nur zustimmen, aber ob das jetzt genauso ablief, wie sich das die Herrschaften vorstellten, im Speziellen so, wie sich das der dritte Sekretär des zweiten Nationalratspräsidenten und sein Souverän dachten, dafür konnte sie nicht garantieren; die würden sie und ihre metallischen Extremitäten jedenfalls noch kennenlernen.

17:18

Dann also das bisschen Anlauf und mit zwei Schritten über die Krapfen, keine Schaumrollen heute, nur Krapfen, dann hinauf, und die Muskeln arbeiteten glatt, kraftvoll und sauber, brachten ihn hinauf, und Mo hörte: *bring your friends*, und alles nahm seinen Lauf, es lief prächtig, genau, wie das sein sollte, und er hörte: *fun*. Und genau das hatte er vor, das würde er tun, jetzt hielt ihn nichts und niemand mehr davon ab, das war seine Aufgabe, das lag jetzt vor ihm: fun. Und das erste Tal und er sah nicht links und nicht rechts und spürte doch, dass Bewegung in den Laden gekommen war, dass die Leute aufschrien (was er allerdings mehr sah als hörte) und zur Seite sprangen; er bewältigte die Herausforderungen plangemäß, alles lief nach Plan, nur enttäuschend geräuscharm, aber das lag an den Ohrstöpseln, und er konnte sich leider nicht umdrehen, um das Ausmaß der Störung zu begutachten, die er hinterließ, das hätte zu viel Zeit gekostet, und überhaupt, die nächste Hürde vor ihm, auch die glatt genommen, und dann schon die Tomatendosen; hier noch einmal bergab, vielleicht mit einem kleinen Zwischenschritt, nur weil's so schön war, danach, das sah er schon vor sich, ein paar elegante, weich federnde Sprünge von Gipfel zu Gipfel; doch gerade, als er zum Absprung ansetzte, sah er diesen Hut über einem Einkaufswagen schweben, und einen gekrümmten Staubmantelrücken, der hektisch herumfuhr; die Erfahrung sagte ihm: Querung, rüber, an die nächste Wand, hoch kommen, das unvorhergesehene Hindernis im Flug nehmen, das konnte nicht schwierig sein, und so versuchte Mo, die Ausrichtung seines Sprungs im Sprung zu ändern, eine Anstrengung, die naturgemäß wenig ausrichtete, und er kollidierte mit dem Oberkörper des alten Mannes, unter dem der Wagen wegschoss, sodass der Mann das Gleichgewicht verlor und samt Mo auf den Kacheln aufschlug (wobei er dessen Aufkommen deutlich dämpfte), nachdem er gegen die Kante eines Regalbretts geprallt war, die ihm den Hut vom Kopf fegte. Mo raffte sich auf, sah in die Augen des Mannes, die seltsam trüb waren, wie die einer Schildkröte, dachte er, fragte: alles o.k.?, und als er sah, dass der Mann langsam schluckte, beschloss er, das als Zeichen der Zustimmung zu nehmen; umso mehr, als er spürte, dass sich Schritte näherten, viele Schritte; er blickte auf: rechts ein Mann, der etwas schrie, links, etwas weiter hinten, eine Frau, die spitze Stimme ganz im Gegensatz zu ihrem flächigen Gesicht, das Fassungslosigkeit und Empörung zeigte, als wäre jemand von ihrem Pinscher gebissen worden und beschwerte sich auch noch darüber; Mo lief nach links, wobei er den Lautsprecher justierte, der aus der Ohröffnung gefallen war.

Ein nettes, sauberes Gesicht, dachte Horst, und es wunderte ihn überhaupt nicht, dass diese Feststellung durch einen heftigen Knall unterstrichen wurde. Das schien ihm gerade passend zu sein, um das Gewicht des Urteils zu betonen. Der Knall ging dumpf und trocken von seinem tiefsten Bewusstseinswinkel aus, doch das war klar, und er erklärte den Umstehenden, dass er den Stein in den Brunnen habe werfen müssen, bis auf den Brunnenboden, weil das ganz klar wäre, damit man sehen könne, ob das Wasser klar wäre, und ein nettes, sauberes Wasser wurde ihm angeboten, und er trank, er hatte gar nicht gewusst, dass er so durstig war, und die Leute nickten und waren ganz seiner Meinung, und hinter dem Brunnen stand eine altertümliche Windmühle und Sieglinde hielt sich am Flügel fest, ließ sich hochheben und sagte: Nur schade, dass es schon so spät ist im Jahr, und da sah er, dass sie recht hatte, die Tulpen waren abgeblüht.

Ja, sagte Luise, sie war unkonzentriert gewesen, wie hatte das passieren können, irgendetwas hatte sie aufgeschreckt, ein Knall?, erst als sie den Annahmeknopf betätigt hatte, erkannte sie, dass die Rufnummer unterdrückt war, jetzt war es zu spät, und so wiederholte sie: Ja?, hörte ein Keuchen, ein Spanner, Schritte, dann eine flüsternde Stimme.

Ob du's glaubst oder nicht, das ist ein Anschlag.

Der organisierte Charakter war Erich Wackernagel sofort klar gewesen, spätestens, als er den Mann am Boden liegen sah, den Jungen auffahren und die Flucht ergreifen, als der merkte, dass Erich auf ihn zukam, die Mütze hatte er tief ins Gesicht gezogen wie das Mädchen im Nebengang, wenn es denn ein Mädchen war, ließ sich schwer sagen wegen der Sonnenbrille, die sahen doch alle gleich aus, überhaupt in diesem weiten Parka, und dann noch dieser andere eben, das trug man heute so, aber jetzt zeigte sich, dass das kein Zufall gewesen war, das hatte er sich ja gleich gedacht, da war sein professioneller Instinkt gerade rechtzeitig erwacht und zum Tragen gekommen, jetzt zeigte sich, dass das Methode hatte, die hatten einen Plan, die drei, mindestens drei, wer weiß, ob es nicht noch mehr waren. Der andere, dritte, war zwar älter gewesen, aber ähnlich ausstaffiert mit Mütze, Jacke und einer

Sonnenbrille, die das Gesicht fast verbarg, und schwarz war er gewesen wie die Nacht, pechschwarz, wie man früher gesagt hätte, was man sich heute verkneifen musste, obwohl es stimmte! Und Erich hatte gedacht, dass er gleich auf ihn zukommen und ihn ansprechen würde und um Geld angehen, gleich einen Zettel aus der Tasche holen würde und irgendwas von Studiengebühren oder einem Job in Kärnten erzählen würde, dessen Antritt er nicht versäumen dürfe, und jetzt fehle ihm nur noch das Fahrgeld, vierzig Euro, und ob man da nicht aushelfen könne, die wurden immer dreister, aber im Supermarkt?, wie auch immer, er hatte eine Wende hingelegt, die in Anbetracht des vollen Einkaufswagens nicht ohne war, und hatte entschieden die Gegenrichtung eingeschlagen und den Schwarzen abgehängt.

Und jetzt fiel es ihm wie Schuppen von den Augen: dieselbe Mütze, derselbe Versuch, sich unauffällig unkenntlich zu machen; ein Anschlag, das war ein Anschlag, er musste handeln, gar keine Frage, er musste handeln, aber wie?, der alte Mann am Boden das erste Opfer, vielleicht nur verletzt, der Hut nur zerknautscht, jetzt kam es auf jede Sekunde an und auf einen kühlen Kopf; und Erich Wackernagel war ruhig, so ruhig wie man in einer solchen Situation nur sein konnte, es stimmte, was man sagte, dass man sich wie von oben sah, den vor einem liegenden Weg sah, die Linie, die den vor einem liegenden Weg beschreibt; alles ganz ruhig und unter Kontrolle. Das ist ein Anschlag, sagte er leise, ein Anschlag. Und Erich, ob er es nun glauben wollte oder nicht, war mitten hinein geraten; diese Gewissheit schoss ihm in die Knie und ließ sie taub werden. Er nahm eine Flasche aus dem Gitterwerk des Einkaufswagens.

17:19

Here we are now, hörte Mo, und das Geschrei von diesem Idioten, der ernsthaft glaubte, es geschwindigkeitsmäßig mit ihm aufnehmen zu können, und der noch immer: Überfall, Anschlag!, schrie, ja sah der denn nicht, dass es hier um ganz was anderes ging, der hörte gar nicht mehr auf zu schreien, und Mo wieder hinauf, nur um nicht auch noch in die Frau hineinzurennen, etwas weiter unten im Gang, als er das geplant hatte, und vor allem auf der falschen Seite, egal, musste man den Plan eben ändern und jetzt zum Ausfall Richtung Kasse ansetzen; hier nur das blöde Geschenkpapier, und die Frau war ohnehin zurückgewichen, zeigte hinter sich und rief etwas, Mo hörte: *entertain us*, entertain us, sagte er, genau, jetzt wieder reinkommen, das war das Entscheidende, und um den Alten würde sich schon jemand kümmern, so schnell konnte dem doch wohl nichts passiert sein, das konnte er nicht glauben, er sah Schottenkaros, die vor seinen Augen in der Luft zerrissen, und irgendwas riss ihn genau in dem Moment zurück, und: entertain us, sagte Mo, noch als er, von der Mineralwasserflasche in der Hand des Journalisten Ernst Wackernagel getroffen, zu Boden ging.

Die Kassiererin Serena beugte sich über den Kassentisch und versuchte, in den Gang zu spähen, um der Ursache des Lärms auf den Grund zu gehen, was ihr nicht gelang; sie drehte sich um, die Marktleiterin war verschwunden. Ach ja, dachte sie, die ist im Lager, Warenlieferung. So ist das also. Bin ich also allein, dachte sie, als jemand durch den Kassenkanal rannte (ein sonnenbebrilltes Mädchen, soweit sie erkennen konnte) und etwas rief, das panisch klang, doch unverständlich war und Serena ratlos zurückließ. Sie lehnte sich zurück, fixierte blind das Titelblatt einer Hochglanzpostille, lauschte den Schreien nach, atmete kurz durch und drückte auf den Alarmknopf, der so unter ihrem Kassentisch angebracht war, dass sie ihn unauffällig mit der Linken erreichen konnte und dabei nicht einmal das Gesicht verziehen musste.

17:20

Das erste, was Anna K. sah, war der Hut. Sie wunderte sich gerade, warum sie immer wieder den falschen Gang ansteuerte, wenn sie doch wusste, dass die Cashew-Nüsse im nächsten waren, da sah sie den Hut, und da wurde ihr klar, dass es eine Vorahnung gewesen sein musste (oder hatte irgendetwas ihre Aufmerksamkeit geweckt, hatte da jemand geschrien?, aber nein, das konnte doch wohl nicht sein), oder Fügung oder wie immer man das nennen wollte, denn hinter dem Hut lag sein ehemaliger Träger, bewusstlos?, dachte sie, Herzinfarkt?, Schlaganfall?, und bedurfte offensichtlich der Hilfe.

Im zweiten Stock des sandfarbenen Polizeigebäudes ärgerte sich der einzige Nichtraucher über die drei rauchenden Kollegen, deren Abluftproduktion auch die demonstrativ aufgerissene Tür des Journaldienstraums nichts anhaben konnte. Eine Frau war dabei. Vom Raub; sie trug ein hübsches knappes apricotfarbenes Kostüm. Bis sieben musste er heute noch durchhalten. Er stand auf und trat hinaus auf den Gang, der den rechteckigen Lichthof umgab. Hell eigentlich, dachte er. Dem Kollegen hatte er wenigstens das Rauchen im Auto abgewöhnen können, indem er handstreichartig das Fenster öffnete, sobald der Anstalten machte, eine Zigarette anzuzünden, was den anderen derart zum Frieren brachte, dass er schließlich klein beigegeben hatte. Er hob den Blick zu den flächendeckend verlegten quadratischen Dachfenstern, auf denen sternförmig aufgespritzte Vogelausscheidungen vor sich hin trockneten; dunkle Sterne vor einem nachziehenden Himmel. Sollten die nicht hell sein?, dachte er, weiß glühend, oder wenigstens schmutzig weiß?, als ein leiser Aufschrei aus dem Dienstraum zu hören war. Das gibt's doch nicht, sagte die apricotgewandete Kollegin dann ruhig. Den Nichtraucher hielt es nicht mehr unter seinem Sternenhimmel, er steuerte seinen Arbeitsplatz an und fragte schon in der Tür: Was ist denn jetzt schon wieder? Noch ein Supermarkt, sagte jemand.

Ein Überfall, rief eine Frauenstimme, und ein wenig zögerlich klang es; als hätte sie das selbst gemerkt, versuchte sie es noch einmal: Hilfe, sohelftmirdochwer! Auch das kam nur gepresst heraus, doch es reichte, um Luise erstarren zu lassen und die Qualität der eben aus dem Handylautsprecher gekommenen Worte (Überfall, Anschlag!), die ihr Kurzzeitgedächtnis noch ohne Mühe, wie ein Anrufbeantworter, zu reproduzieren im Stande war, einer zweiten Prüfung zu unterziehen. Das also war des Pudels Stimme, der Kern der anonymen Anrufe, das, worum es die ganze Zeit gegangen war. Sie nahm das Handy vom Ohr und wog es in der Hand, leicht wie ein rohes Ei, sie verstand sofort, dass die Sache ernst war und sie unmittelbar betraf, oder vielmehr in ihrer unmittelbaren Nähe stattfand; dass also die Tonspur aus dem Handy eine wesentliche Komponente des real um sie vorhandenen Umgebungslärms darstellte, nur geschluckt wurde von sekundären Störgeräuschen, die man ausfiltern müsste, hätte man nicht, so wie sie, einen direkten Draht (zum Kern des Geschehens) und dessen Ende in Händen.

Höchste Priorität hatte erst einmal: Kontakt halten, Überblick verschaffen (was Luise sofort tat, indem sie ein Regal erklomm, über den Rand spähte und einen – eingeschränkten – Blick auf das Handgemenge zwei Reihen weiter werfen konnte, was völlig ausreichte, um dieses als Epizentrum des ganzen Aufstandes zu identifizieren), Position sichern (sie ging wieder hinter dem Weinfass in Deckung), die richtigen Schritte in der richtigen Reihenfolge setzen, ehe die Panik sich wellenförmig fortpflanzen konnte, denn das würde sie. Insbesondere, wenn es sich tatsächlich um einen politischen Anschlag handelte, und davon war auszugehen angesichts der langfristigen Vorausplanung, der Umsicht, mit der man offenbar dafür gesorgt hatte, dass sie, Luise H.-W., betroffen war, mit der man ihr gefolgt war, offensichtlich, denn dafür sprach einiges; seltsam, wie tadellos sie denken konnte, das denkt man sich so, aber dass es dann wirklich funktioniert, ist doch erstaunlich, dachte sie, nun, auch ein Beweis dafür, dass in Krisensituationen wie der vorliegenden eine gewisse Reife nur von Vorteil sein kann, eine gewisse Charakterstärke (wo hatte sie das heute schon gedacht? Vor dem Gemüse? Das Bild fachkundig enthaupteten Wurzelwerks vor Augen?). Luise sah sich um: rasch und entschieden handeln. Der Schaumweintrinker starrte in sein Glas, während der Mann, der vorhin noch hinter dem Container gestanden war und auf die Tastatur seines Handys eingehackt hatte, sich in Nichts aufgelöst zu haben schien. Luise gehörte nicht zu denen, die zögerten. Sie drückte den Lautsprecher wieder ans Ohr, wieder das heftige Atmen, sie würde handeln, und das Gesetz des Handelns in die Hand zu nehmen, heißt, das Zögern nicht einmal zur internen Debatte zu stellen, dem Zögern nicht einmal den Hauch einer Chance zu geben, sich einzuschleichen und häuslich niederzulassen.

Erst jetzt bemerkte Anna, dass weiter hinten noch etwas passierte, Schlimmeres, möglicherweise, dass da jemand am Boden lag und blutete, während ein anderer auf ihn eindrosch, und da verstand sie, dass hier etwas Großes im Gange war, irgendetwas großes Ganzes, und sie mittendrin, gerade jetzt, und ohne es zu hören, gab sie anscheinend einen Laut von sich, denn der Wahnsinnige fuhr plötzlich herum, und die Hand mit der Flasche schlug gegen das Metallregal, worauf die Flasche brach und ihr Inhalt herauszischte, als sollte die Regalwand getauft werden; doch der schreckliche Mann schien es nicht zu bemerken und kam auf Anna zu und sagte: keine Angst, und Anna bewegte sich nicht, sie wusste, dass man verletzte Tiere nicht reizen darf, auch wenn sie keine Verletzung erkennen konnte, etwas stimmte nicht, und Anna betrachtete verstört das baumelnde Kabelende, das irgendwo aus der Knopflochleiste auf seiner großkarierten Brust zu kommen schien.

Der tut nichts mehr. Ich hab ihn unschädlich gemacht, sagte der Mann und atmete schwer.

Was kann er wollen?, dachte Luise, auf jeden Fall will er, dass ich ihn höre, er will wissen, ob ich noch ganz für ihn da bin, ist gut, alles gut, sagte sie, so leise und so besänftigend, wie sie nur konnte: alles ist gut. Vielleicht ein wenig zu leise, denn es folgte keinerlei Reaktion, aber immerhin warf er sie nicht aus der Leitung, das war schon was; jetzt nur nicht den Kontakt abreißen lassen, den Anrufer bloß nicht verschrecken, man musste vorsichtig vorgehen, doch vorzugehen war entscheidend, Herzstück des Plans. Man muss auch unter Druck rasche Entscheidungen treffen können, um nicht zu sagen: gerade dann, darauf kommt es an, und außerdem gehörte das definitiv und wesentlich zum Jobprofil. Und wenn jemand diesem Job gewachsen war, so war sie das, Luise, wie sie da stand, klein und widerstandsfähig und mit so einigen Wässerchen gewaschen, das wusste sie, dazu brauchte sie nicht einmal die Bestätigungen Ferdinands, mit denen er sie früher überschüttet hatte (vor gewaltig langer Zeit, wenn sie ehrlich war), als handle es sich um Geldscheine in einer Fernsehshow, nach denen sie nur springen und die sie greifen musste, um sie in die Taschen ihres orangefarbenen Overalls zu stopfen, bis die übergingen. Luise wusste, was zu tun war (wie kam sie übrigens auf orange?):

Haben Sie ein Handy?, fragte sie den Schaumweintrinker. Man muss rechtzeitig erkennen können, was eine angesichts der gegebenen Situation zielführende und realisierbare Option war, denn davon gab es zweifellos mehrere; jetzt nur dranbleiben, ganz praktisch akustisch an der keuchenden Stimme dranbleiben, die Verbindung aufrechterhalten und der Polizei, der Welt da draußen, wem auch immer, mit Hilfe einer zweiten Leitung somit einen direkten Draht zu dem Angreifer legen, eine Live- und Direktschaltung sozusagen (Luise musste fast gegen ihren Willen lächeln), das konnte lebenswichtig sein.

Ich brauch ein Handy, schnell!, wiederholte Luise, der Angesprochene drehte nachdenklich den Kopf, nicht eben ein Geistesriese, dachte sie.

Ganz abgesehen von den Optionen, auf die nur eines der beiden Adjektiva (der geforderten Kriterien) zutraf, zielführend und realisierbar, denn von diesen gab es ungleich mehr, um nicht zu sagen: um Größenordnungen mehr, doch all das zählte nicht, das Einzige, was zählte, war die eine Möglichkeit, auf die sich das Sinnvolle und Realisierbare ohne Rücksicht auf Verluste eingrenzen ließ – der Schaumweintrinker grinste sie an, die Augen zugekniffen, als sei er sich eben darüber klar geworden, dass man ihn reinlegen wollte, deutete auf ihr eigenes Telefon, was denn, sagte er, du hast doch eines in der Hand, Süße –, eingrenzen ließ nicht etwa dadurch, dass es das einzig Vorstellbare gewesen wäre, sondern dadurch, dass es ihr als Einziges eingefallen war, womit Luise also die Liste der geforderten Kriterien erweitern konnte (was für ein Idiot, aber andererseits, was war zu erwarten gewesen bei dem), und zwar auf: (1) zielführend, (2) realisierbar und (3) ihr, Luise, eingefallen und zwar (4) zum richtigen Zeitpunkt.

17:21

Der Mann mit der Flasche ließ die Arme sinken, ganz ruhig, sagte er zu Anna K., ganz ruhig, jetzt ist ja alles gut, alles unter Kontrolle. Alles gut, sagte Anna unter Aufbietung all ihrer Kräfte, die nicht zuletzt dadurch wuchsen, dass sie spürte, dass sie Publikum bekommen hatten, na Sie sind gut, sagte sie, und was sagen Sie dazu? Und sie wies auf den am Boden liegenden Mann, dann kniete sie sich hin und nahm seinen Kopf in die Arme, die Lider zuckten, er lebte, Gott sei Dank, dachte Anna, und spürte, wie sie plötzlich ganz erfüllt war von Mut:

Was denken Sie sich eigentlich?, fragte sie. Und was ist mit dem anderen? Dann wies sie auf seine Brust und sagte: Und überhaupt, was haben Sie da eigentlich? Wollen Sie uns vielleicht alle in die Luft sprengen?

Ist doch eine interessante Idee, nicht wahr, Frau Weiler wies auf den Fernseher; Morgans Mutter, die nicht bei der Sache gewesen war, sondern die gebügelte Wäsche deren Funktion entsprechend sortiert hatte und sich gerade überlegte, woran es wohl lag, dass sie arbeiten musste, während Frau Weiler ihr dabei zusah (am Alter? am Familienstand, an der damit verbundenen Existenzsicherung und vor allem an der Höhe regelmäßiger Kontoeingänge, an der Erbtätigkeit oder am Ausbildungsniveau?), blickte so ratlos, dass Frau Weiler begann, ihr lang und breit das Prinzip der gerade ausgestrahlten Doku-Soap zu erklären, die sich damit beschäftigte, junge Frauen in graue Internatsuniformen zu stecken, die in ihrer gestärkten Biederkeit wohl auf dem japanischen Schulmädchensexmarkt gepunktet hätten, und die Probandinnen für einen Hausfrauenalltag der 1950er-Jahre zuzurichten.

Ja, sagte Morgans Mutter, auf die Bildung kommt es an. Sie betrachtete die über diese Antwort hocherfreute Frau Weiler, die offenkundig ebenfalls zur fraglichen Zeit zur Ehefrau ausgebildet worden war, ein Berufsbild, in dem sie noch offenkundiger reüssiert hatte, wohingegen sie selbst, was?, ja, Logopädin geworden war. Habe gedacht, dachte Morgans Mutter, darin wär ich gut. Das würde mir Freude machen. Habe gedacht, ich könnte Probleme erkennen und helfen, sie zu beheben. Habe gedacht, ich hätte noch alle Zeit dieser Welt. Und jetzt kann ich nicht einmal mir selbst helfen, dachte Morgans Mutter, während Frau Weiler sich zunehmend für das Thema der Sendung begeisterte und nun exemplarisch das Anfertigen von Zuckerwasserhaarwellen herausgriff.

Das ist kein Witz, zischte Luise, ich hab ihn da dran.

Wen hast du dran, fragte der Schaumweintrinker, den Weihnachtsmann?, hat sich ein bisschen verspätet, der Gute, nicht wahr, was ist denn überhaupt hier los?, ein Überfall, sagte Luise und starrte resignierend auf die Wand über dem Regalrand, deren Farbe sich ins Grüne zu verschieben schien. Wo hatte sie das heute schon einmal gesehen, gedacht, erinnert?, egal, nichts weiter als ein harmloser Spezialeffekt, den ihr strapazierter Kreislauf generierte, sie griff für alle Fälle nach der Kante des Sektcontainers, hinter der der zugehörige Verkäufer gerade wieder auftauchte, ein wenig alarmiert, doch nicht zu sehr, und vor allem noch nicht sicher, ob die Vorstellung, die ihm da geboten wurde und ihn aus seiner Lethargie riss, nun erheiternd oder bedrohlich wäre, oder womöglich beides, auf jeden Fall unterhaltsam, so hoffte er. Er reichte ihr sein Gerät, sie wählte Ferdinands Nummer, geh ran, du Weichei, dachte sie, während sie das Knacken, das aus ihrem eigenen Handy drang, mit dem anderen Ohr verfolgte, und dann: sie werden aber sehen, dass ich nicht als erstes die Polizei gerufen habe, wie sieht denn das aus, egal, kann man jetzt auch nichts machen, irgendwer hat das sicher schon längst getan, bei der Dichte an Handys hier, das werde ich sagen, ich bin selbstverständlich davon ausgegangen, dass der Alarm, die haben doch bestimmt einen Alarmschalter hier, längst aktiviert worden ist, natürlich, das ist plausibel; und außerdem, ich wollte einfach Sorge tragen, dass da gleich an der richtigen Stelle, das ist doch gleich ganz was anderes, das ist es, ich werde einfach … der Signalton von Ferdinands Mailbox ertönte, sie drosselte die Atemfrequenz, bemühte sich, die Stimme ruhig und präzise klingen zu lassen: Ferdinand, hier passiert was, ich bin im Supermarkt in der Dings-, wo ist das?, du weißt schon, wo der Dings seine Ordination hat, du erinnerst dich?; ich hab den Attentäter am Apparat.

17:22

Ach das, sagte Erich Wackernagel und lachte, nachdem er begriffen hatte, was die etwas melodramatische alte Frau meinte, und festgestellt hatte, dass die permanente Terrorismusberichterstattung doch einigermaßen befremdliche Blüten trieb, das ist mein Handy. Und um den Umstand zu unterstreichen, holte er den zweiten Hörknopf aus dem Ohr, zog das Gerät aus der Tasche und schaltete es demonstrativ ab.

17:23

Und überhaupt, was heißt denn: nicht einmal mir selbst? Morgans Mutter hielt ein Nachthemd in der Hand, dessen Spitzen sie über einem Kleiderbügel zurechtlegte. Ist es nicht Teil des berufsethischen Diskurses, dass man zuallererst und von Grund auf in der Lage sein muss, auf sich zu schauen, sich selbst zu helfen, bevor man die Probleme anderer ins Auge fassen können sollte dürfte wollte?, dachte Morgans Mutter und trat noch einen Schritt näher an den Fernseher heran, nicht nur, um die Geschehnisse am Bildschirm genauer betrachten zu können, sondern auch und vor allem, um der Geräuschproduktion des Lautsprechers unauffällig den Vorzug geben zu können gegenüber den Auslassungen Frau Weilers, die nun immer drängender aus ihr herausquollen. Berufsethischer Diskurs?, fragte sich Morgans Mutter: Vergiss es, Baby. Reinigungskraft mit dem erinnerungsfinsteren Herzen.

Tobias hörte das charakteristische Läuten des ältlichen Festnetzapparates. Er war sowieso gerade in der Nähe des Kabuffs gewesen, und selbst wenn nicht, wäre das noch lange kein Grund gewesen, nicht dran zu gehen, im Gegenteil, er wäre (unauffällig) gelaufen, um das Telefon noch vor den anderen zu erreichen. Doch niemand machte ihm Konkurrenz. Mit klopfendem Herzen nannte er seinen Namen und den der Supermarktfiliale, dann legte er ein spezielles Lächeln in seine Stimme, als er sagte:

Was kann ich für Sie tun? Eine Frau nannte einen Namen, den Tobias nicht verstand, und sagte dann etwas von Zeitung oder Journal, Journaldienst, und ob sie mit dem Attentäter spreche.

Attentäter? Nein, sagte Tobias, er sei ein Verkaufsmitarbeiter.

Ob er denjenigen holen könne, der für die Sache verantwortlich sei?

O.k., sagte Tobias, o.k.; er legte den Hörer auf den Tisch und machte sich auf die Suche, Frau Marktleiterin!, rief er, Telefon! Das Fernsehen! Für Sie! Ein Journalist!, während Luise die Schirmmütze des Polizisten betrachtete, an dem ihre Fluchtbewegung durch den Seiteneingang zu einem vorläufigen Erliegen gekommen war. Ein sehr junger Polizist, übrigens, wie Luise bemerkte.

Dabei war sie durchaus nicht kopflos geflohen, nachdem sie getan hatte, was sie eben tun hatte können, und ihr nur mehr eines zu tun geblieben war, nämlich sich so schnell wie möglich aus dem Staub zu machen; sie hatte den Seiteneingang rasch als Schleuse zum kürzesten und sichersten Weg ins Freie ausgemacht und war dementsprechend das Risiko eingegangen, zu warten, bis jemand durch ihn hereinkommen wollen würde, um ihn selbst in die andere Richtung passieren zu können: von innen ließ er sich aus diebstahlschutztechnischen Gründen nicht öffnen, und der Weg zur Kasse war ihr durch ein Hindernis versperrt, zu dem andererseits der Kontakt in ihrer Hand nicht abreißen durfte. Dieser Kontakt war Ursache des Dilemmas, das sie jetzt im Gang irgendwie am Rand der Polizeimütze festzumachen suchte, denn sie wollte diese Kontaktstelle, diesen Tunneleingang zu dem entscheidenden Geschehen nicht aus der Hand geben, hatte aber die dumpfe Ahnung, dass ein Zurückhalten desselben vor den staatlichen Organen ein schlechtes Licht auf sie werfen konnte, sodass sie durch ausführliches Schildern der Lage ein wenig auf Zeit spielte, ehe sie sich selbst im Klaren war, wie sie die Sache denn entscheiden sollte –

die beiden Polizisten hatte sie entgegenkommen sehen wie eine Wand, auf die sie, hatte Luise gedacht, gleich auflaufen würde, an der sie abprallen, die sie zurückwerfen würde, jetzt souverän sein, hatte sie gedacht, was ihr gelungen war; sie war stehengeblieben, hatte das Gesicht verzogen: gut, gesagt, gut, dass Sie endlich kommen, und die Hand mit dem Handy ein wenig vorwurfsvoll gehoben –,

so gab sie rasch und präzise, wie sie fand, einen Abriss der Situation, briefte, hätte man sagen können, diese beiden ersten vor Ort eingetroffenen Polizisten, die sich, nachdem der

Kontrollanruf unbeantwortet geblieben war, anhand des im Wachzimmer aufliegenden Supermarktplanes mit der Topographie vertraut gemacht hatten, und, um der Gefahr von Geiselnahmen vorzubeugen, möglichst unauffällig angenähert und den Seiteneingang angesteuert hatten, um einen Überblick über die Lage zu gewinnen – da konnte Luise weiterhelfen, sie erklärte also kurz den Sachverhalt: ein Täter, sagte sie, mindestens. (Sag bloß, dachte sie.) Von langer Hand, sagte sie, während ihre Hand mit dem Mobiltelefon immer noch unentschlossen zwischen ihr und der Staatsmacht hing. Könnte sich um was Politisches handeln. Und anscheinend zu allem bereit, sagte Luise, also war die Gefahr einer Geiselnahme durchaus realistisch, folgerten die beiden Polizisten und beschlossen, sich ausbildungsgemäß zurückzuziehen und weitere Verstärkung anzufordern, auch wenn sie wussten, dass zumindest eine zweite Streife ohnehin jeden Moment vor Ort eintreffen musste: die Geschichte der Ereignisse des heutigen Nachmittags legte einen größeren Zusammenhang nahe.

Kurz stand ihr noch einmal die Möglichkeit vor Augen, das kostbare Stück doch unter Einhaltung aller erforderlichen Vorsichtsmaßnahmen, die ein Offenhalten der Leitung gewährleisteten, in ihrer Manteltasche verschwinden zu lassen, noch war Zeit, nein, das konnte teuer; sie hatte sich entschieden und streckte dem größeren der beiden Uniformierten die Hand mit dem Handy hin und streifte mit einem (wie sie hoffte) verbindlichen Blick sein fast noch rundes Gesicht, Soldatenkinder, dachte Luise, passen Sie auf, sagte sie, er ist da dran; erst hören, dachte sie dann, erst hören, und hob das Gerät doch noch einmal zum Ohr: die Leitung tot, so tot wie möglich, da gab es keinen Zweifel, denn selbst das eisernste Schweigen hört sich anders an als eine unterbrochene Verbindung, dieses völlige Ausbleiben jedes Informationsübertrags, da war Luise sicher, und sie zuckte zusammen, als der Polizist fragte: Ja, was wollten Sie uns sagen? Ach das, sagte sie, ja. Ich denke, die Sache ist von langer Hand geplant. Anonyme Anrufe. Ich habe Grund zu der Annahme, dass der Täter speziell hinter mir her ist, sagte sie. Er war jedenfalls eben noch dran, hier, an meinem Anschluss; sie ließ das Handy in die Hand des Polizisten fallen (und wandte den Blick rasch davon ab, der Anblick des Geräts in der fremden Männerhand war seltsam, irgendwas stimmte nicht): das übernehmen besser Sie. Vielleicht meldet er sich ja noch mal, sagte Luise, während der Begriff *Handyortungssystem* unbenutzt und stumm vor dieser Ignoranz im Bodensatz des Kurzzeitgedächtnisses liegen blieb.

17:24

Telefon, wiederholte Tobias, der keine Spur der Marktleiterin fand, was kein Wunder war, da die im Lager damit beschäftigt war, Lieferscheine zu prüfen und gegenzuzeichnen, während ein sichtlich entnervter Fahrer polnischer Muttersprache versuchte, ihren Ausführungen zu folgen. Dabei sagte er etwas von einem Reh und versuchte den Gedanken an das knirschende Geräusch der brechenden Knochen zu verdrängen, auch wenn er wusste, dass er es aufgrund des Motorenlärms gar nicht gehört haben konnte, doch das Tier hatte er gesehen, auf der Straße liegend wie ein glasierter Kuchen, bevor es unter seinem linken Vorderrad verschwunden war.

Ein Journalist!, schrie Tobias.

Hier, rief Erich Wackernagel, ich bin Journalist!, gab sofort seine redlich bemühten Versuche auf, der alten Frau und einer mittlerweile gewachsenen Meute den Sachverhalt und seine eigene Rolle darin zu erläutern, und nutzte die Gelegenheit, der Ansammlung und der doch etwas ins Prekäre neigenden Situation zu entkommen, nur zu gerne, nicht ohne von der alten Dame aufgefordert zu werden, den Glasstumpf wieder an sich zu nehmen; Sie können das da nicht einfach so liegen lassen, meinte sie, sonst passiert hier noch ein Unglück!, und bevor er sich auf weitere Diskussionen einließ, tat er, was von ihm verlangt wurde, und folgte dann dem Lehrling, dem diese Lösung der Dinge so recht zu sein schien wie jede andere auch, Hauptsache, er hatte wieder einen Auftrag glücklich erfüllt und das Gespräch übergeben, zum Telefon.

Und erst, als er den Hörer entgegennahm, überlegte Erich Wackernagel, dass es nicht sein konnte, dass jemand davon wusste, dass er hier war, oder dass er Journalist war, sie konnten nicht nach ihm gesucht haben; aber im selben Moment musste er schon reden, handeln, das Gespräch entgegennehmen, die Dinge auf den Punkt bringen:

Ja, Sie wünschen?

Die Frage ist eher, was wir für Sie tun können?, sprach eine frischfröhliche Frauenstimme aus dem Hörer.

Wer spricht da? Und was wollen Sie?, fragte Erich Wackernagel.

Was sind Ihre Anliegen?, fragte die Frau, die noch ein wenig einschmeichelnder klang als vorhin; aber nicht mit ihm, was wollten die eigentlich? Und wer sprach da überhaupt?

Ich verstehe Ihre Frage nicht, sagte Erich Wackernagel ungehalten. Was soll das?

Können wir etwas für Sie tun? Brauchen Sie Hilfe? Ver letzte?, sagte die Frau, ungerührt, wie ihm schien.

Ja. Ja, natürlich. Einen. Kopfverletzung, entgegnete Erich Wackernagel. Er hat, er wollte ... nein, also eigentlich zwei Verletzte (den Rest lesen Sie morgen nach, wollte er sagen, verkniff es sich gerade noch); die Situation ist unter Kontrolle. Keine akute Gefahr mehr. Das ist das Wichtigste. Aber wer sind Sie überhaupt?

Wie viele sind es?, fragte die Frauenstimme.

Zwei Verletzte, sag ich doch.

Ich meine: Sind Sie allein?

Ja, ich bin allein mit ihm fertig geworden, sagte Erich Wackernagel, ließ die Frage noch einmal nachklingen, die Stimme provozierte ihn entschieden, und er setzte zum Gegenangriff an:

Wer spricht da eigentlich?

Das *JedenTagBlatt*, sagte die Stimme. Zwei Verletzte, wiederholte sie. Wie schwer verletzt?

Das Tagblatt. Es war doch nicht zu fassen.

Hören Sie, sagte Erich Wackernagel, ich leg jetzt auf. Verarschen können Sie wen anderen. Von der Presse bin ich selber. Wir brauchen hier die Rettung, die Polizei, kein wildgewordenes Revolverblatt. Ich lege jetzt auf.

Nein, warten Sie!, sagte die Frau, nun doch alarmiert: Wir werden das selbstverständlich weitergeben! Wir können Ihnen helfen! Was ist passiert?

Das können Sie morgen nachlesen, sagte Erich Wackernagel, zögerte, konnte es doch nicht lassen hinzuzufügen: Wenn Sie sich die richtige Zeitung kaufen!; dann legte er auf, saß da und starrte den Hörer an und den Oberteil der gläsernen Mineralwasserflasche, den er ganz automatisch neben sich am Tisch gelegt hatte.

Verarschen könnt ihr wen anderen, sagte Erich Wackernagel.

Die wurden immer unverschämter. Unfassbar! Kein Berufsethos mehr. Das schlug den sprichwörtlichen Stein aus der sprichwörtlichen Krone. Nein, dem Fass den Boden aus. Das Tagblatt! Unfassbar. Fass ohne Boden. Ja, wirklich! Erich Wackernagel musste lächeln. Das konnte man so sagen. Nun, das würde eine saftige Geschichte geben, und die konnte ihm niemand wegnehmen, niemand! Er betrachtete den schäbigen Tisch, das Regal dahinter, auf dem ein vorsintflutlicher Videorecorder stand, dessen Kontrolllampe rot leuchtete und der, wenn man genau hinhörte, ein leises, schabendes Geräusch von sich gab, das sich in periodischen Abständen zu einem Knirschen verdichtete. Wie gesagt, dachte Erich Wackernagel, nicht mehr der Jüngste, und wunderte sich darüber, dass es plötzlich so still war, dass er so etwas wie die Lärmentwicklung des Bandtransportmotors verfolgen konnte. Die Rettung, dachte er. Sollte er? Würden nicht die, wer immer die waren, das schon längst? Zweifelsohne, entschied Erich Wackernagel. Dann sah er den unordentlichen Turm von etwa zwanzig Kassetten, die sich neben dem Recorder stapelten; die Aufnahmen, durchfuhr es ihn, das Band, ich müsste nur … nur schnell handeln. Schnell. In dem Chaos würde das nicht weiter auffallen. Was für eine Ausgangssituation, was für Material! Das würde ihm so schnell keiner nachmachen. Nicht ganz legal, aber wer sich nicht selbst hilft, dem ist nicht zu helfen. Die Kassette fuhr aus dem Gerät, am Bildschirm erschienen drei junge Frauen auf einem Stockbett, die in einer Art grauer Schuluniform steckten, für die sie eindeutig zu alt waren, und Erich Wackernagel fing an, darüber nachzudenken, was es damit auf sich haben konnte. Porno? Nein, nicht um die Tageszeit; überhaupt, dachte er, keine Zeit. Die Kassette. Blöd nur, dass die so groß war.

Ein Ordnungssystem jenseits überholter demokratischer Laxheit, dachte Morgans Mutter und verfolgte die Korrekturen einer Aufsichtsperson (Kochlehrerin) an den humorlos gewandeten Probandinnen. Das wollen wir also. Das sollen wir wollen, dachte Morgans Mutter. So fühlt man sich sicher. Vom jetzigen Zeitpunkt an in alle Zeiten muss ich mich um nichts mehr kümmern. Es wird für mich gesorgt. Für alles gibt es feste Regeln, und wenn ich die nicht einhalten kann, dann ist es nur natürlich, dass das Konsequenzen nach sich zieht, die ich nur zu gerne trage. Das ist schmackhaft und appetitlich angerichtet. Denn diese Konsequenzen garantieren die Stabilität des Systems, sie sind nur recht und billig, ein fairer Preis dafür, dass alles seine Ordnung hat, dass die Abläufe reibungslos und plangemäß funktionieren. Was für eine Erleichterung.

Nahm seinen Kopf und nahm mir seine Frau, noch bevor sein Blut kalt war, erklärte eine Männerstimme. Werbeunterbrechung. Nein, Hauptabendprogrammvorschau. Das Überflüssige treibt zügig ins Schwarze Meer. Wandernde Inseln, dachte Morgans Mutter, demokratiesüchtige Schwarzmeerinsassen, finsterbeherzt.

17:25

Einen kleinen Handspiegel hatte sie immer dabei, keine Frage. Und Puder. Man weiß nie. Nichts unangenehmer als glänzende Stellen vor der Kamera. Auch wenn die Ausleuchtung durch das Umgebungslicht im Freien bei weitem harmloser ist als die durch Studiospots, selbst wenn sie es schaffen sollten, den Scheinwerfer rechtzeitig in Stellung zu bringen. Feuerriesen. Die schnelle Eingreiftruppe eines Lokalsenders packte ihre Gerätschaft aus. Kenn ich, dachte Luise, zumindest den Linken. Braver Streiter. Hat auch schon bessere Tage. Irgendwann passiert man die Altersmarke eines durchschnittlichen Armeeauszugs; und man erkennt das auch und sieht: unmündige, manipulierbare Kinder, denen man allerdings nicht in die Quere kommen sollte, und die durch ihre Unmündigkeit auch wieder irgendwie, ja: unverdorben sind. Rein. Für unverdorbene Kinder ist das Töten das, was es sein sollte, nicht eben ein Spaß, doch ein Gebot des Instinkts.

Das Töten des dem eigenen Überleben Entgegenstehenden ist die natürlichste Sache der Welt, dachte Luise H.-W., nicht unähnlich Stephanie, die ein paar Kilometer weiter in einem kleinen neugebauten Vorortseinfamilienhaus in das Studium eines Katalogs mit Längsverriegelungssystemen vertieft war, während sie zärtlich den Pürierstab in ein Plastikgefäß mit gedünsteten Karottenstücken senkte.

Hat eigentlich irgendwer die Nummer von dem Supermarkt?, fragte der Redakteur, dessen Anwesenheit Luise eben mit einem kleinen Augenbrauenheben anerkennend zur Kenntnis genommen hatte. Wo blieben eigentlich Emils

Leute? Ferdinand ging nicht dran. Soll wer anderer sein Arschloch hinhalten, sagte Ferdinand. Warum habe ich ihn nicht längst beim Wort genommen, dachte Luise. Lang nicht so instinktsicher wie ich, wenn wir uns ehrlich sind. Vor stahlblauen Sommerhimmeln sitzen, das schafft er. Und mit ihnen verschmelzen, dass es rote Rosen regnet, das kann er, aber verbal? Hat er's nicht so. Drauf. Ist nicht so seins. Muss es aber. Warum hab ich nicht? Verpasste Gelegenheiten bereut man am meisten. Wenn man überhaupt etwas bereuen sollte, dachte Luise, und spürte, dass sie jetzt den Zorn im Zaum halten musste, wenn sie medial gut rüberkommen wollte. Und darauf kam es schließlich grade an. Dem Schaumweinverkäufer hatte sie sein Handy nicht mehr zurückgeben können; wer weiß, wo der mittlerweile war. Sofern man es überhaupt zulassen darf, dass man etwas bereut. Nur Zeitverschwendung. Und keine neue Nachricht. Ganz ruhig. Wird schon, sagte sich Luise. Und jetzt auf den Einsatz konzentrieren. Nach vorne blicken. Easy go. Es steht mehr auf dem Spiel.

Ein allem Anschein nach ganz gewöhnlicher Streifenpolizist war damit beschäftigt, sich neben seinem quergestellten Fahrzeug aufzustellen und Passanten davon abzuhalten, ihrer Bestimmung nachzugehen. Na wunderbar, dachte Luise. Da hätte man mehr erwarten können. Keine große Einsatztätigkeit zu bemerken. Was war eigentlich los? Schliefen die? Wir sollten denen mehr wert sein, sollte man meinen. Der Wert wird aus dem Impact-Factor ermittelt. Und das hier sollte wohl einen anständigen Impact haben. Input haben. Oder so. Töten ist die natürlichste Sache der Welt, dachte Luise. Und wenn die Männer nicht mehr zu kämpfen bereit sind, oder in der Lage, die Gefahr nicht sehen und abwiegeln und nicht sehen wollen, dann muss eben jemand anderes die Sache in die Hand nehmen, dachte Luise. Sie war willens und im Stande. Deshalb war sie schließlich dort, wo sie war. An einem Triggerpunkt. Aber im Augenblick schien die Kontrolle über die Dinge zu wünschen übrig zu lassen. Hatte Ferdinand nicht gesagt, dass er da wen sitzen habe an irgendeiner Schlüsselstelle? Im Polizeikommando? Aber selbst für einen ganz gewöhnlichen Einsatz war das hier etwas mager; selbst wenn man von einem alltäglichen anonymen Anruf ausging (gut, eine Sirene war zu hören, immerhin), war das eine matte Sache. Da musste man sich einmal die Effizienz der Medien vor Augen halten. Nur so zum Vergleich.

Ich hab den Marktleiter gleich dran, sagte der Kameraassistent zum Redakteur. Marktleiterin. Das ist noch gar nichts, wollte Luise zu bedenken geben, ich hab den Attentäter, da fiel ihr ein, dass das Gespräch ja abgerissen war; sich irgendwo unterwegs vom Tatort zum Ort der Handlung verloren hatte, zu blöd aber auch. Doch immerhin konnte sie sagen, dass der Attentäter zielgerichtet, punktgenau mit ihr hatte sprechen wollen, dass das einen Grund haben musste und deshalb ein politischer Hintergrund nicht auszuschließen war; wenn man nur wüsste, was der wirklich wollte, um abschätzen zu können, wie sich das jetzt auf das Image der Plattformbewegung auswirken würde, wobei, andererseits, ab morgen war sie der nicht mehr verpflichtet, im Gegenteil. Sie musste das jetzt unter anderen Vorzeichen sehen, und zwar unter negativen, was schlecht war für die Ferdinandpartei, war gut für sie, Luise, wenigstens ab morgen, also noch einmal von vorne, und diesmal unter inversen Voraussetzungen: Angenommen, der Attentäter wäre ein muslimischer Fundamentalist oder hätte wenigstens einen Migrationshintergrund oder wie immer jetzt das aktuelle Wording hieß, obwohl, so hatte der sich nicht angehört, wobei, könnte ja in zweiter Generation, oder, was hieße das dann? Egal. Das wird sich finden.

Jedenfalls: Ich gehe durch die Reihen. Nach vorne, das ist der Punkt. (Und im Zweifelsfall, wenn alle politischen Glücksfäden reißen, kriegt man bei dieser oder vielmehr durch diese Partei immer noch irgendeinen Verwaltungsposten; schon deshalb lohnt der Übertritt.) Lass mich von nichts und niemandem aufhalten. Auch nicht von Ferdinand, von dem schon gar nicht. Hat man die falsche Person zu nah rangelassen, dachte Luise, dann gibt's nur eins: Kurskorrektur, Fehlstelle ersetzen. (Das Sirenensignal war erstorben.) Alles ist ersetzbar. Wo kämen wir sonst hin? Man muss den Ball über die Bande spielen. Die Massenanziehung erledigt den Rest.

Von vorne, nein, nach vorne an die Absperrung, vor den einen armseligen Polizeiwagen, den man problemlos umschiffen können müsste, zu den Einsatzkräften; der Hintergrund muss mit Bedacht gewählt sein, das konnte sie, das würde kein Problem sein, die Leute versuchen ja immer, einen vor den unmöglichsten Hintergründen festzuhalten, in der Hoffnung, dass sie das irgendwie gegen einen verwenden können, da muss man aufpassen; aber hier war wenig falsch zu machen. Also vor dem Auto, wobei neben dem Auto vielleicht besser wäre, da sah man erst recht, dass sie keine persönliche Gefahr scheute; die Frage war nur, wie das dann optisch wirkte. Jedenfalls musste sie sich so hinstellen, dass man das Geschäft noch sah, dass man erkennen konnte, dass sie als *eine von uns* einkaufen gewesen war, gerade eben dem Tatort entkommen, wie der Redakteur bemerkte, doch eine junge Polizistin beendete die Diskussion, ohne die Stimme zu heben: Halt. Hier ist Schluss. Oder wollen Sie für ein Foto Ihr Leben riskieren?, eine Frage, die die meisten der Anwesenden vermutlich mit: ja, natürlich, Sie etwa nicht? beantwortet hätten, darunter Luise, die schon die passende Formulierung auf der Zunge hatte (nämlich, dass sie schließlich mitten drin gewesen sei, vor Ort, ganz im Gegensatz zu der Exekutivbeamtin, wie sie wohl vermuten dürfe?), was nichts anderes hieß, als dass sie nicht an die eigene Sterblichkeit glaubte, sie als theoretisches Wissen zwar abgespeichert hatte, aber nicht wirklich daran glaubte, wenn sie darüber nachdachte, aber gerade jetzt hatte sie keine Zeit, darüber nachzudenken, und die Frau in Uniform macht unmissverständlich klar, dass es sich bei der Frageform um eine reine Formsache gehandelt hatte. Luise sah davon ab, ihr beiläufig auseinanderzusetzen, dass sie selbst als Vertreterin der Legislative die den Vollzugsorganen gewissermaßen übergeordnete Ebene der Staatsmacht repräsentiere und damit ein gewisses Vorrecht. Nur ein gefundenes Fressen. Und sie würde bestimmt kein unwürdiges Schauspiel bieten. Sie nicht. Also vor dem Auto, dachte Luise; dieses blöde Auto, dachte Doris gerade.

17:26

Und alles andere zurücklassen. Eines der Handys läutete, ihres; Luise griff in die Tasche, da ist er ja wieder, kannst nicht ohne mich leben, mein kleiner Terrorist; ja?, sagte sie, und:

Sie wünschen?, Luise legte ein herzliches Lächeln in ihre Stimme, doch es war nur jemand vom aktuellen Dienst des

ORF-Radios, der ihr mitteilte, dass man hoffe, es gehe ihr gut. (Ferdinand, dachte Luise, klar. Dahinter konnte nur Ferdinand stecken.) Ob sie bereit? Ein paar Worte? Alles Überflüssige ohne jedes Bedauern hinter dich werfen wie die Knochen deiner Mutter. Niemals aufhalten lassen.

Aber sicher, sagte Luise und lächelte den Fernsehredakteur entschuldigend an. Nur eine Minute, bedeutete sie ihm, indem sie den Zeigefinger hochhielt, als würde sie aufzeigen. (Knochen der Mutter? Die lebte ja noch, mehr oder weniger, was war denn das nun wieder für eine abstruse Idee?). Und in diesem Moment begriff Luise, dass sie dem Polizisten das falsche Handy gegeben haben musste, dass der Polizist (wo war er überhaupt?), an dessen Seite sie hätte bleiben sollen, oder er an der ihren, nur für den Fall, dass der Attentäter, ihr Attentäter, noch einmal anrief, und ganz verschreckt reagieren würde, wenn ein anderer dran ginge als sie, dass dieser Polizist jetzt also die Anrufstätigkeit auf dem Mobilfunkanschluss des Schaumweinverkäufers überwachte, und sie begann zu lachen, ein hysterisches Lachen, von dem sie wusste, dass es im Radio ganz grässlich klingen würde, doch sie hatte keine Chance gegen die Heftigkeit der Kontraktionen ihres Bauchfells.

Die Taschen seines Flanellhemdes waren allerdings auch groß. Wo war die Aktentasche? Im Einkaufswagen? Nein, im Auto. Er beruhigte sich. Also in die Brusttasche. Ging nicht. Man sollte schließlich nicht gleich erkennen können, was er da bei sich hatte. Ein Papiersack, irgendwas Unauffälliges. Er sah sich um, obwohl ihm klar war, dass er hier wohl nichts finden würde, er öffnete sein Hemd, schob die Kassette darunter, verankerte sie, so gut es ging, im Hosenbund, ein Glück, dass sein Bauch ihn nicht behinderte, dann fiel ihm das Headset ein, wo war das Headset?, er tastete nach dem Handy, das war noch da, Gott sei Dank, Erich seufzte, das Headset würde sich ersetzen lassen, obwohl, wenn es hier herumlag, was der Fall sein musste, definitiv, dann könnte er genauso gut auch auf dem Weg nach draußen noch einen Blick in die Gänge werfen, jetzt musste er überlegen, wo er gewesen war. Die Flasche, oder das, was davon übrig war, nahm er besser wieder mit. Man wusste schließlich nie. Was tun Sie hier?, fragte eine Stimme, scharf, wie er fand, er fuhr herum und fasste mit der linken Hand nach dem Flaschenstumpf; er erkannte die Frau, die ihn an der Fleischtheke bedient hatte, die Rothaarige mit dem Mittelscheitel, der die Asymmetrie des Mundes nur betonte, genau in dem Moment, in dem ihm klar wurde, dass ein akuter Schmerz die Handfläche durchschnitt, er schrie auf und umfasste mit der Rechten die verletzte Hand. Kommen Sie, sagte die Frau, schon freundlicher, kommen Sie, ich bring Sie hier raus. Eine der Frauen auf dem Bildschirm wippte kleinmädchenhaft mit rotbeschuhten Füßen. Sozialporno, entschied Erich Wackernagel.

Und diese Absperrung, sagte Doris halblaut, die soll wen hindern, ernsthaft? Schon an der letzten Kreuzung hatte ein Polizist versucht, sie in eine der Quergassen einzuwinken, aber nicht mit ihr, sie war durchfroren und völlig steif, als wäre sie Teil der Rückenlehne, sie musste da hinein, und das gab sie dem Beamten auch deutlich zu verstehen, ich wohne da, sagte sie, und deutete mit der Handkante nach vorne; der Polizist übersah sie, und so fuhr sie einfach geradeaus, doch kaum war sie in die Nähe der Absperrung gelangt, vor der eine Menschentraube stand, wedelte schon wieder jemand, wischte Doris und ihr Fahrzeug einfach so weg, was ist los?, fragte sie, bekam keine Antwort; was soll denn schon los sein, was könnte es schon an Gründen geben, die triftig genug wären, um sie von ihrer Wohnung fernzuhalten, von einer Badewanne voller Wasser, das so heiß war, dass sich die Haut sofort rötete und man den Wasserstand an der Verfärbung ablesen konnte; und so wendete sie und nahm die erste Parklücke, die sie finden konnte; das Versperren der Zentralverriegelung war in Anbetracht des eingeschlagenen Seitenfensters einigermaßen lächerlich, sie tat es dennoch.

Sie musste zu Fuß. Zu Fuß müsste ein Durchkommen möglich sein. An der nächsten Kreuzung blickte Doris zurück, nur zur Sicherheit, und sah einen Mann, der sich an ihrem Auto zu schaffen machte und fachkundig, so kam es ihr vor, dessen Inhalt überprüfte; sie lief auf ihn zu, und der Mann (älter, ärmlich, wie Doris bemerkte), der sie kommen sah, hob beschwichtigend die Hände. Ich wollte nur, sagte er; seine Zähne waren gelblich und unappetitlich verfärbt.

Was, fauchte Doris, sehen, ob das Radio so auf die Schnelle mitgeht? (Das ihm nicht vor sich selbst graust. Interessant. Ab einem bestimmten Zeitpunkt ist einem das offenbar egal.) Sie haben Nerven. Bei dem Aufgebot hier in der Gegend.

Es hat einen Anschlag gegeben, sagte er.

Sie stieg ein, verriegelte demonstrativ die Türen.

Verschwinden Sie, sagte sie. Oder ich rufe die Polizei.

Die haben andere Sorgen, sagte er. Und übrigens: Sie stehen im Halteverbot. Dann drehte er sich abrupt um und ließ Doris allein.

17:27

Nun lassen Sie doch los, sagte die rothaarige Frau, die sich mittlerweile als Marktleiterin entpuppt hatte, und Erich Wackernagel wusste, dass sie recht hatte, loslassen, was wollte er eigentlich mit der Flasche, nach der er aus irgendeinem Grund, vielleicht um Schlimmeres zu verhüten, so musste es wohl gewesen sein, gegriffen hatte?, und was das Schlimmere sein sollte, daran konnte er sicht nicht mehr erinnern; jedenfalls schlossen sich Daumen und Zeigefinger seiner rechten, unverletzten Hand ringförmig um den Glashals unter dem Schraubverschluss. Doch, nun fiel es ihm ein, er hatte die Flasche mitgenommen, um keine Spuren zu hinterlassen, das war es gewesen, Spuren!, er musste lachen, denn es war klar, dass er jetzt Spuren hinterließ, und zwar deutliche; die Marktleiterin führte ihn am Ellbogen der Hand, von der Blut tropfte, er hatte nichts dagegen, sich von ihr den Weg zeigen zu lassen, nichts unauffälliger als das, er wollte nur hinaus, seinen Fund in Sicherheit bringen, das war es, was er wollte, und so presste er den rechten Oberarm so fest es ging gegen den Körper, um die Kassette daran zu hindern, endgültig den Rand der Hose zu verlassen und unter dem Hemd hervorzurutschen, auf den Boden zu fallen wie ein Ei, das er sich selbst legte, und er war so auf diese Anstrengung konzentriert, dass es ihm schien, er würde dieses ganze labile Gleichgewicht aus Hosenbund, Kassette, Hemd und Arm völlig durcheinander bringen, wenn er nur das Kleinste daran änderte und etwa die Hand öffnete, um die Flasche fallen zu lassen, und selbst wenn das noch funktioniert hätte, es war keine Lösung, er musste den Glasstumpf irgendwo deponieren, den konnte man nicht einfach fallen lassen, das war ihm klar, der musste irgendwo sicher abgelegt werden, und das war in seiner Lage schlicht und einfach unmöglich, ohne dass er sich verraten hätte. Nein, er, Erich Wackernagel würde seinen Fund kurz vor dem Ziel mit Sicherheit nicht aufs Spiel setzen. Diesmal nicht. Erich Wackernagel hob den Kopf, verbiss den Schmerz und steuerte am Arm der Marktleiterin den Ausgang an, als hätte er sie zum Tanzen aufgefordert; vage stieg noch die Erinnerung an seinen Einkauf und das Headset in ihm auf, doch er schob sie beiseite, nicht jetzt, er hatte zur Zeit eindeutig andere Prioritäten.

Doris schaltete das Radio ein, und dachte: Ausnahmezustand. Das war es, was der Mann gemeint hatte, Ausnahmezustände geben einem das Recht, ohnehin schon geplündertes, fremdes, wem auch immer gehörendes, also nunmehr der Allgemeinheit zuzuordnendes Eigentum auf Brauchbares hin zu überprüfen. Und Informationspflicht besteht ohnehin. Wer sich nicht informiert, ist selber schuld. Mehr noch. Wer sich nicht informiert, hat eigentlich bereits gegen die Regeln verstoßen, seine Sorgfaltspflicht verletzt und hat es überhaupt ganz generell nicht besser verdient. Die Holschuld liegt auf Seiten des Rundfunkempfängers, im lautsprecherseitigen Mündungsdelta (sozusagen) des Informationsflussbettes. Doris betrachtete das glühende Ende des Zigarettenanzünders, den sie aus wer-weiß-welchem Grund hineingedrückt hatte in seine Höhlung, vielleicht, weil er das Einzige war, was sie an ihren Badewannenwunsch erinnerte.

Sunken, unken, tunken. Hab ich schon gedacht, dachte Horst. Woher weiß ich? Wär er nicht ertrunken. Trunken, mumelte er; Anna K. las das Wort glücklich von seinen Lippen auf. Er ist durstig, dachte sie, sagte sie, während der Junge weiter hinten mit einem Mal zu würgen begann; er hat Durst, was für ein gutes Zeichen, er wird zu sich kommen, ich werde ihm was zu trinken holen; sie ließ den Kopf des Hutträgers zu Boden sinken, wollte aufstehen, hörte ein erneutes Würgen. Nein, dachte sie dann, ich frage einfach jemanden, ich frage, ich bleibe hier sitzen, das ist das Beste, ich kann gar nichts anderes tun, jemand muss schließlich bei ihm bleiben, sie strich dem Mann über die Schläfen, über die Stirn, und vermied es, den Blick den Gang entlang streifen zu lassen, wo ein Schwall halbverdauten Essens aus dem Mund des Halbwüchsigen schoss, dessen Körper sich krümmte.

Das bisherige Fehlen von politischen Forderungen ist symptomatisch für den konzertierten, sagte Luises Stimme.

17:28

Was will der eigentlich?, fragte der Redakteur Luise, ganz im Vertrauen, unter der Hand. Wenn es ein Einzeltäter ist.

Ich habe nur einen gesehen, sagte Luise, oder gehört.

Frau Abgeordnete, sagte der Redakteur, Sie haben mit dem Attentäter gesprochen. Können Sie uns sagen, was seine Forderungen sind?

Moment, sagte der Tontechniker. Noch einmal.

Er will ins Fernsehen?, sagte Luise lächelnd zu dem Redakteur? Ein bisschen Zuwendung? Was weiß ich. Der Redakteur zwinkerte ihr zu:

Der wird sich auch noch wundern, wie schnell die Karawane weiterzieht.

Ja, dachte Luise, und ich werde dort sein. Ich bin immer schon dort. Der arme Irre da drin hat ja keine Ahnung. Wir haben ein kurzes Langzeitgedächtnis, oder anders gesagt: Unsere Langzeit ist ziemlich kurz, reicht nicht sehr weit, wir wollen uns schließlich nicht unnötig belasten (es ist schon so schwer genug), und irgendwelche Sachen durchzudenken ist sowieso das Letzte, das wir brauchen können, wo brächte uns das hin? Jedenfalls nirgendwo hin, wo wir hin wollen, und wo uns der Aufenthalt vielversprechend erscheint; es wäre nichts als eine Engführung von Möglichkeiten, die wir uns schließlich offen halten wollen in aller zur Verfügung stehenden Bandbreite. Nein, da ist es gut, wenn wir alles jenseits der – sagen wir – vorletzten Nacht in eine handliche wohlige Erinnerungswolke zerstauben lassen, die dann von lauen Gemütslüften fortgetragen wird und ein hübsches Schäfchenwolkenmuster auf der Netzhaut zurücklässt.

Können wir?, fragte der Redakteur den Tontechniker, der sein o.k. in Form eines gereckten Daumens gab.

Natürlich, sagte Doris zu ihrem Autoradio. Du bist natürlich vorn dabei, wenn es was zu holen gibt, du schlägst raus, was geht, du lukrierst das Maximum. Das ist das Wenigste, was man tun kann.

Er verstand nicht, warum die alle durcheinander liefen wie die aufgescheuchten Hühner; cool bleiben, was sollte denn schon los sein; Tobias sah in den Gang, aus dem der ganze Lärm gekommen war, und erkannte, dass da schon wieder eine Schweinerei passiert war, die er mal wieder ausbaden, nein, jedenfalls beseitigen würde müssen, eh klar. Dann dachte er noch: auf die Seite legen, immer auf die Seite legen, und als er

sich bückte, um den Bewusstlosen so zu lagern, wie er das im Erste-Hilfe-Kurs gelernt hatte (wobei er mühsam versuchte, die Luft anzuhalten, damit ihm der Geruch des Erbrochenen nicht in die Nase stieg), sah er, dass einer der Schuhe sich gelöst hatte, der zweite Fuß zuckte und riss den Schuh endgültig von der Ferse des ersten; Tobias streckte sich, nahm den Sneaker und betrachtete ihn eingehend, sah auf, die alte Frau dort drüben war beschäftigt, sie rief etwas, was er nicht verstand, sein Verstand war auch viel zu absorbiert von den Überlegungen, die er jetzt anstellen musste, nämlich, ob er?, und wenn, wie?, möglichst unauffällig, soviel war klar. Er zog am zweiten Schuh, der Verletzte stöhnte auf, sagte etwas, das klang wie: Planbe, Mann.
Nein, bei genauerem Nachdenken musste er zugeben, dass es wohl eher »Mama« geheißen hatte, o.k., sagte Tobias, alles in Ordnung, legte automatisch einen Arm auf die Schulter des anderen, dessen Kopf sich ein wenig bewegt hatte, sodass die helle Flüssigkeit die Haarbüschel entlangkroch, wartete, doch nichts mehr kam. Tobias versuchte erneut, den Schuh zu bewegen, ohne Erfolg; ein wenig Lockerungsarbeit an den Schuhbändern würde schon nötig sein, er sah sich noch einmal um, nur zur Sicherheit, kein Mensch achtete auf ihn, und auch die Frau rief nur mehr schwach, und außerdem würde das völlig unschuldig aussehen, was er da tat, dachte Tobias, er versuchte eben zu helfen, was eigentlich sogar stimmte. Und überhaupt, warum sollte er nicht einmal Glück haben, er, schließlich war es nur recht und billig, wenn er dafür entschädigt wurde, dass er die Kotze von dem Typen aufwischen durfte; und gerade, als Tobias mit seiner mühseligen Millimeterarbeit zu einem positiven Abschluss gekommen war, schlug der andere die Augen auf, betrachtete Tobias aus

stecknadelkleinen Pupillen und sagte: Deine Chance, verstehst du?

Wunderbar, sagte Luise und lächelte erneut. Was kann ich tun?, sonst fällt mir doch immer aus dem Stehgreif etwas ein. Also: Konzentration. Was brauchen wir? Angenommen, es handelt sich um einen muslimischen Fundamentalisten, was folgt? Wie würde Ferdinand. Ferdinand würde. (Umringt von Feuerriesen. Beschützt?) Ferdinand würde so tun, als ob er Luise nicht sähe. Gefragt ist also ein Antiferdinand. Franz? Blödsinn. Der zweite Sekretär des ersten Präsidenten? Nein, umgekehrt: erster Sekretär, zweiter Präsident. Muss ich mir endlich merken. Und jetzt: wie steht Ferdinand zu folgendem Problem, verschwinde da, du verstellst mir die Aussicht, Ferdinand steht mir im Weg. Wir werden ihn neutralisieren müssen: Franz und Ferdinand aufeinandertreffen lassen und sich zu absolutem Nichts vereinigen lassen; ja, das klang nach einer plausiblen Lösung, einer wählbaren Variante. Nur, wo krieg ich jetzt den passenden Antikörper her? Oder müsste das nicht eher heißen: die passende Antimaterie, wie war das?, wieder einmal nicht aufgepasst, dachte Luise und nagte zunehmend uninspiriert an ihrer Unterlippe, während die Kamera lautlos und lustvoll dieses Detail ihrer mimischen Aktivitäten in das Zentrum der Aufnahmetätigkeit stellte.

17:29

Und die Tür öffnete sich schon wieder, und ein Mann kam heraus, neben sich eine Frau, eine Flasche in seiner Hand, eine zerbrochene Flasche, und von der Flasche oder der Hand oder der Frau rann Blut, färbte das ohnehin großflächige Muster seines Flanellhemdes freigiebig ein, und die Kugel des Streifenpolizisten, die ihn in den Unterleib traf (denn das war der am weitesten von seiner vermutlichen Geisel entfernte Rumpfkörperteil), war sicher gut gemeint (freundlich), denn man musste davon ausgehen, dass das Leben der Frau auf dem Spiel stand; die Spezialkräfte waren noch unterwegs, und so handelte der Polizist sicherlich nach bestem Wissen und Gewissen und der Situation entsprechend, und niemand hätte ihm einen Vorwurf machen können. Im Übrigen ging alles sehr schnell. Erich Wackernagel brach sofort zusammen, und unter seiner in den Unterbauch gepressten Hand breitete sich ein dunkler Feuchtigkeitsfleck aus. Dutzende Handys wurden von den hinter der Absperrung Wartenden etwa zeitgleich in Betrieb genommen, ein solches Schauspiel sah man nicht alle Tage, und es gab viele, die darüber informiert werden wollten. Die rothaarige Frau hatte sich auf den Angeschossenen gestürzt. Stockholm-Syndrom, sagte der Redakteur des Regionalsenders zu Luise, die starr dastand, als ob sie jedes Zittern im Ansatz ersticken wollte.

Tobias erhob sich und stieg bedächtig über den Körper, drehte sich nicht um, hörte nichts mehr (als habe sein Gehör plötzlich auf einen anderen Kanal umgestellt, auf dem zur Zeit nichts als weißes Rauschen zu empfangen war), umschiffte auslaufende Flaschen und Nudelpakete, die sich zu Hügeln türmten, aus denen an unvermuteten Stellen Metallteile ragten, wich der roten Lache aus, die sich unter einer aufgeplatzten Dose ausbreitete und die sich im Profil seiner Sohlen, deren Struktur ihm nur allzu deutlich vor Augen stand, festgesetzt hätte, und dem einen oder anderen Objekt, von dem er lieber nicht zu genau wissen wollte, was es war, und freute sich darüber, dass die Schuhe so gut passten, dass sie den Zehen auch beim Abbiegen noch Platz ließen, ohne am Rist zu weit zu sein. So etwas findet man selten auf Anhieb.